小說新賞

大觀園有情世界

紅樓夢

原著　清・曹雪芹
編寫　永樂多歡

三民書局

主編的話

在經典故事中成長

我常常思索著，我是怎麼成了一個說故事的人？

有一段我已經忘卻的記憶，那是一個沒有什麼像樣娛樂的年代，大人們忙著養家活口或整理家務，大部分的孩子都是自己尋找樂趣，妹妹告訴我，她們是在我說的故事中度過童年的。我常一手牽著小妹，一手牽著大妹，走到家附近那廢棄的老宅前，老宅大而陰森，厚重而斑駁的木門前有一座石階，連接木門和石階的磚牆都已傾頹，只有那座石階安好，作為一個講臺恰到好處。妹妹席地而坐，我站上石階，像天方夜譚般開始一千零一夜的故事。

記憶中的小時候，我是個木訥寡言的人，所以當小妹說起這段過去時，我露出不可思議的神情，懷疑她說的是另一個人的事。雖然如此，我卻記得我是如何開始寫故事的。那是專三的暑假，對所有要上大學的人來說，這個暑假是很特別的假期，彷彿過了這個暑假就從青少年走入成年。放暑假的第一天，我從北部帶著紅樓夢返家，想說漫長的暑假適合讀平日零碎時間不能完整閱讀的大部頭。當我花了兩個星期沒日沒夜看完紅樓夢，還沒從寶黛沒有快樂結局的悲悽愛情氛圍中脫身，突然萌生說故事的衝動，便在酷暑時節，窩在通鋪式的臥房，以摺疊成山的棉被權充書桌，幾個下午就完成我的第一篇短篇小說、我說的第一個故事。寫完時全身汗水淋漓，用鉛筆寫的草稿也被手汗沾得處處字跡模糊，不過我不擔心，所有的文字都在我腦海中，無需辨認。之後我又花了幾天把草稿謄在稿紙上，投寄到台灣日報副刊，當那個訴說青春少女和遲暮老人忘年情誼的小說變成鉛字出現在報紙副刊，我知道我喜歡說故事、可以說故事，於是寫了一篇又一篇的小說，直到今天。

原來是經典小說帶領我走入說故事的行列，這段記憶我始終記

得，也很希望在童年時代還耐不下性子閱讀原典的孩子們，能和我一樣在經典故事中成長。

　　雖然市場上重新編寫經典小說的作品很多，但對我這個有兩個少年階段孩子的母親來說，卻總覺得找不到適合的版本，不是太簡單，就是太難，要不然就是刪節得不好，文字不夠精確等等，我們看到了這當中的成長空間，於是計畫進行一套經典小說的改寫版本。

　　首先我們先確定了方向，保留較多文學性，讓這套書適合大孩子閱讀；但也因為如此，讓我們在邀請撰稿者方面碰到不少困難。幸好有宇文正、石德華、許榮哲等作家朋友們願意加入，加上三民書局之前「世紀人物 100」的傳記書系列，也出現了不少有文采、有功力的寫作者，讓這套書可以順利進行。對於文字創作者來說，創意是珍貴的資產，但改寫工作就像化妝師，被要求照著一張照片化妝，不能一模一樣，又不能不一樣，一些作者告訴我，他們在撰寫這系列的書時，常常因為想寫的和原著不太一樣而卡住，三民書局的編輯也常常要幫著作者把寫作節奏拉回來，好幾本書稿都是初稿完成後，又大幅刪修，甚至全部重寫。辛苦的代價便是呈現在讀者面前的這套書──文字流暢、故事生動，既有原典的精華，又有作者的創意調拌，加上全彩印刷、配圖精美。這是我為我的孩子選擇的一套書，作為他們告別青春期的最佳禮物，希望能和天下的學子、家長們分享，也期待這套「大部頭的套書」，經過作家們巧妙的改寫、賦予新生命後，保留了經典的精神，又比文言白話交雜的原典更加容易親近，讓喜歡聽故事、讀故事的孩子，長大後也能說故事、寫故事，於是中國經典文學的精華就能這麼一代一代傳誦下去。

林黛嫚

作者的話

一人一個紅樓夢

紅樓夢是許多少男少女珍藏的青春期回憶。

第一次看到賈寶玉和林黛玉從書中走出來，是在電影院，那是當紅的電影明星林青霞反串賈寶玉，我看到一雙明眸大眼，皓齒紅脣的林青霞，穿著華麗衣裳，身上披搭珠寶，一時忘了這也是個女生，胸口怦怦直跳，心中想，這就是了，這就是賈寶玉。上了高中，室友也是紅迷，我說我最喜歡金玉良緣紅樓夢，她說，那部戲林青霞太老太娘，張艾嘉不夠美，不纖細，不年輕，氣得我和她絕交三日。另一位高中同學雖不像我們那麼入迷，對於紅樓夢，也有話要說，她說喜歡薛寶釵，說寶釵多麼聰慧，善體人意，面面俱到，簡直就是成熟女性的完美版，還說林黛玉心眼小，說話尖酸刻薄，要不是看在她對賈寶玉一往情深，有始有終，否則就要把她逐出紅樓主角之列了。聽到這話，我這林黛玉的擁護者可是氣炸了，立即回嘴，薛寶釵城府深心機重，太不可愛了，然後也和我同學冷戰一星期。

直到去年，大陸重拍紅樓夢，先是公開徵選主角，為新戲大打知名度，播出後各界評價不一，不過我在電視上看到預告片段，幾位主角的扮相都很俊美，服裝和造型精緻講究，回想起室友的評語，想想還真有道理。至於林黛玉和薛寶釵，那些評語也算貼切，人非聖賢，哪有完美的，就因為不完美，才有人味啊，所以有人喜歡林黛玉，有人擁戴薛寶釵，就連那賈寶玉也有一大票粉絲，總之，一人一個紅樓夢啊。

華文的閱讀世界，不論是普通讀者，還是專家學者，「為紅消得人憔悴」的大有人在。曾有觀眾問國際大導演李安願不願意挑戰拍紅樓夢電影，李安說：「紅樓夢是每個導演的夢想，我也想拍，

但現在還不敢碰，還是先嘗試拍張愛玲吧。」所以後來有了色・戒。

我們再看看學者專家們怎麼看紅樓夢吧。

歷史學家唐德剛說，紅樓夢這部奇書，讀者們不論年齡大小、時代先後、地域差異、政治社會制度不同，讀後都會有深刻的領悟。從小到老、從南到北、從小學到大學、從國內到海外、從大陸到臺灣、從資本主義到社會主義……由於生活經驗的變換、知識面接觸的擴大，他自己每次再讀紅樓夢，都會「別有一番滋味」。

中國古典小說中，最讓林語堂傾心折服的就是紅樓夢。他在八十自敘中說：「我看紅樓夢，藉此學北平話，因為紅樓夢上的北平話還是無可比擬的傑作。襲人和晴雯說的語言之美，使多少想寫白話的中國人感到臉上無光。」

也是紅迷的小說家張愛玲說：「小時候看紅樓夢看到八十回後，一個個人物都語言無味，面目可憎起來，我只抱怨『怎麼後來不好看了？』……很久以後才聽見說後四十回是由一個高鶚續寫的。怪不得！」

胡適創立紅學，紅學的熱潮經久不衰，但進入九〇年代之後，隨著商品經濟的興起，紅學熱也逐漸降溫，可是自從劉心武在「百家講壇」暢談紅學，並成為年度暢銷書之後，紅學這個日益邊緣化的學術研究類別忽然又熱鬧了起來。

紅樓夢之能成為「紅學」，主要還是因為中國文學史上對紅樓夢的評價，大陸的出版社在紅樓夢前言第一句話這樣寫道：「曹雪芹，是中國文學史上最偉大也是最複雜的作家，紅樓夢也是中國文學史上最偉大而又最複雜的作品。」這裡面沒有「之一」這樣的字眼，完全將紅樓夢當成中國文學第一名。

但也不是每個人都對紅樓夢推崇備至，不敢有絲毫批評。瑞典皇家文學院有許多中國古典小說的瑞典文譯本，唯獨沒有紅樓夢譯本，漢學家馬悅然解釋說：「我們看過了紅樓夢，但覺得紅樓夢寫得不好。」

　　不只是外國人，中國人也有覺得紅樓夢不好的人，胡適雖然是紅學的奠基人，可是他對紅樓夢的評價卻很低，他在給蘇雪林的信中寫道：「我寫了幾十萬字考證紅樓夢，差不多沒有說一句讚頌紅樓夢的話。在見解上，紅樓夢比不上儒林外史；在文學技術上，紅樓夢比不上海上花列傳。」

　　唐德剛和夏志清打筆仗的文章海外讀紅樓也說：「胡適評紅樓，認為它『不是一部好小說，因為它沒有一個有始有終的故事。』」唐德剛本人的態度是支持紅樓夢的，大膽批評他的老師胡適，並對夏志清語多譏諷，於是招致夏志清的重炮反擊，兩位相交二十多年的老友因紅樓夢反目成仇，似乎和我與高中同學的經歷差不多。

　　既然一人一個紅樓夢，對作品的評價，對角色的好惡，都不必太花力氣去討論了。重要的是，就去看吧，走進紅樓夢的世界裡，建立你自己的「紅學」。

永樂多歡

紅樓夢

目 次

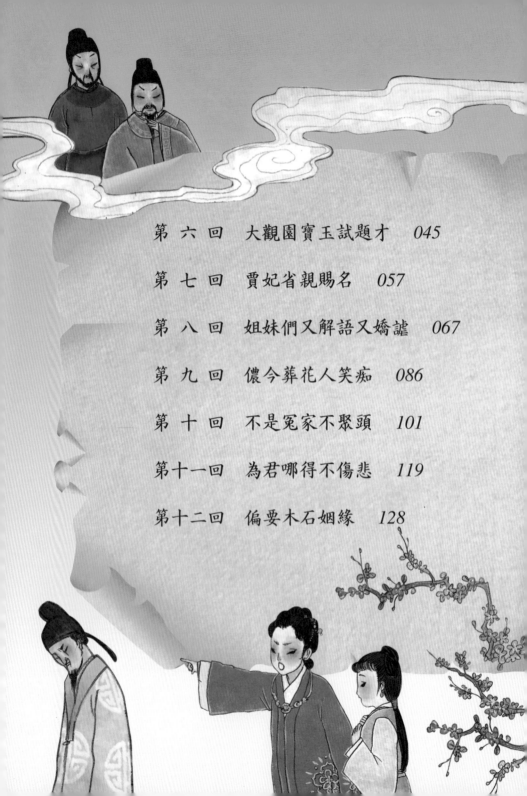

導讀

「紅樓夢是一本言情小說」，許多紅學專家如是說。

紅樓夢到底有什麼政治意涵，它的文學價值、版本考察與歷史定位如何，自有學者專家去討論，我們只要知道這是一本很好看的小說，作者說了一個很好聽、讓人回味無窮的愛情故事，也就夠了。

曹雪芹自己給它安排了一個很特別的開場。傳說中女媧煉石補天，總共煉了三萬六千五百零一塊頑石，補天用剩的一塊頑石，就丟棄在青埂峰下。這塊石頭經過日月風華的鍛鍊，已經有了靈性，看見其他頑石都可以補天，只有自己不被重用，於是自怨自艾，日夜悲嘆牢騷不斷。

一天，一僧一道老遠來到青埂峰下，閒聊之間，看見這塊石頭晶瑩剔透，拿起來在手上把玩，那僧人笑說：「看外表像是塊靈石，我看得刻上幾個字，讓世人知道這是個寶物，再把它帶到繁華世間去歷練一番。」於是把石頭收到袖中，和道人飄然而去。

不知過了幾生幾世，有個空空道人在求仙的途中，經過青埂峰，看見一塊大石，上面寫滿了字，記敘著石頭被僧道帶去投胎轉世之後所經歷的事，最後還寫了一句偈語：

無才可去補蒼天，枉入紅塵若許年。

空空道人看這石頭記寫的都是談情說愛，並沒有傷風敗俗的內容，受到它的感動，領悟到色即是空的道理，索性改名為情僧，也把石頭記改為情僧錄，並且把它從頭到尾抄寫一遍，將它傳揚於世。後來又有人改為風月寶鑑，最後是曹雪芹在他的書房「悼紅軒」中閱讀十年，把書分出章回，又題此書

名為金陵十二釵，並題了一首絕句：

滿紙荒唐言，一把辛酸淚。都云作者痴，誰解其中味？

　　乾隆年間夢覺主人在序言中把此書題為紅樓夢，在第一次活字印刷後，紅樓夢便成了通行的書名，這就是紅樓夢的緣起。

　　這部中國文學中最偉大的愛情小說，目前考證出兩種版本各是八十回本和高鶚續後四十回的一百二十回本，長達八十萬字，要想改寫為五、六萬字的童書版，真是艱難的大工程。我理想中適合孩子閱讀的紅樓夢，應該是最接近曹雪芹原稿（最好只是前八十回的內容），同時又語言通順、不違背情理、便於閱讀，也就是保留原作的精彩度、文學性，可又不要太多太艱深的文字，太複雜的人際關係。

　　基於這樣的想法，我把故事聚焦在林黛玉和賈寶玉身上，以及寶、釵、黛的三角愛情故事。在紅樓夢流傳這兩百多年間，釵、黛早就各自擁有粉絲，有人喜歡黛玉的纖細專情，有人愛寶釵的世故識大體；有人為林黛玉焚稿吐血而亡流淚，也有人為寶釵終於完成金玉良緣而拍手叫好。現在呈現在讀者面前的，敘寫最清楚的一條線就是這段三角戀情了。同時也希望藉由大觀園的豪奢、賈府的衣食住行等生活細節以及鳳姐弄權、秦可卿託夢規勸等內容，突顯出盛世王朝從繁華走向衰敗的過程。

　　比較遺憾的是，限於篇幅，不得不捨去我也很喜歡的一些章節，譬如我本想以紅樓夢中的女人為主要鋪寫的對象，因為紅樓夢是中國文學中難得很用心描繪女性內心世界的小說，也很努力將女性性格的各種面向刻劃細緻。

　　曹雪芹為什麼寫紅樓夢？他自己開門見山的說，是因為他活到這個年紀，風塵碌碌，一事無成，感慨之餘，忽然想到過去認識的

那些女子——仔細想來，那些女子的才華見識和行事風格，樣樣比他強。所以他花了十年人生的黃金年華，完成這部描繪清代女性眾生相的鉅作。隨著他的深入刻劃，那些女子一個一個的在白紙黑字上活靈活現，所以原書名為金陵十二釵。而這本童書版的紅樓夢，因受限於字數，只保留了黛玉、寶釵、鳳姐等主要人物，連襲人、史湘雲都只能點到為止。其實紅樓夢中的眾多女子當中，曹雪芹很喜歡晴雯這個角色，從他對晴雯的死花這麼多文字描述，還讓寶玉為她作了一首芙蓉誄，可見曹雪芹也是很看重晴雯的；還有尤二姐、尤三姐的部分，雖然此二人和書中其他要角的重要性比起來並不突出，但我個人覺得這兩個角色也不容忽視，因為從尤三姐的提劍自刎，以及尤二姐為鳳姐所害吞金，她們的悲劇命運體現了許多中國女人的現實狀況，曹雪芹無意說教，只是把一些女人的生命故事寫出來罷了。

　　曹雪芹在開場時就把自己寫作的主旨挑明了，「一把辛酸淚」說的是人生在世種種不盡如意的事，至於「誰解其中味」，就留待讀者去細細品味吧。

寫書的人
永樂多歡
　　中文系畢業的六年級生，現任某校國文教師。有一個從小一起長大的好朋友是新疆人，所以取了一個和她名字很接近的筆名。紅樓夢的標準粉絲，從兒童注音版到足本原典，從大學教授的學術論著到紅迷的網站，只要跟紅樓夢有關的東西都會找來看，常常被林黛玉臨死前那哀怨的「寶玉，你好——」，惹出好幾串眼淚，所以這筆名也是呼應她的人生觀，她希望大家不要像林黛玉一樣一生為情而苦，期望不管是不是紅迷，都能永樂、多歡。

紅樓夢

楔子 深情用眼淚來還

太虛幻境裡，西方靈河邊，綠樹清溪，仙花馥郁，異草芬芳。遠處一座石牌，上面寫著「太虛幻境」四大字；兩邊一副對聯：「假作真時真亦假，無為有處有還無。」轉過石牌，便看見裝飾著美玉的朱紅色圍欄和富麗堂皇的建築，還有悠揚不絕的仙樂隱約傳來。

幻境內有一位神瑛侍者，原本是當年女媧補天時用剩下的一顆石頭，經過淬鍊後，能通靈性，於是逍遙自在各處遊玩。有一天來到太虛幻境警幻仙子所在的地方，仙子知道他的背景，就留他在赤霞宮中，任命他為神瑛侍者。神瑛侍者常行走於西方靈河岸上，看見三生石畔有棵絳珠仙草，十分可愛，就每天以甘露灌溉。這絳珠草受了天地精華，又得到甘露滋養，於是脫了草木的原形，幻化成女體人形，整天遊走於離恨天外，因為沒能報答神瑛侍者灌溉的恩情，內心憂鬱，常自言自語說：「我受了他雨露的恩惠，卻沒有此水可以還他……哪天他若投胎轉世為人，我也跟著

一起下凡，把我一生所有的眼淚還他，就當作還完他的恩情了。」

　　經過幾世的劫難後，神瑛侍者幻形入世；絳珠草同入凡塵。因為這樣，牽扯出許多風流冤家都要下凡，一起來經歷這番因緣。

第一回 演說賈家寧榮二府

　　因緣糾結的線頭兒，便落在京城賈家。

　　說起這賈家二府，座落京城大街，街東是寧國府，街西是榮國府，二宅相連，占去大半條街。大門外雖冷清無人，但隔著圍牆往裡一望，廳殿樓閣，美輪美奐；後邊一帶花園裡，樹木山石，交錯聳立。兩府格局相似，門前一對石獅子，三扇對開大門後，左右是環抱的走廊，正中是穿堂，轉過紫檀架子的大理石屏風，是三間小小廳房，廳後便是正房大院。院內正面五間雕梁畫棟的上房，兩邊則是穿山遊廊的廂房。榮府人丁較寧府興旺，院落較多，也都金碧輝煌，處處顯露榮府的高貴氣派。

　　寧國公和榮國公是一對兄弟，寧公年紀比較大。當年二人以超人的智慧與武勇，在國家危難時，冒著生命危險建立蓋世功績，因而受封為國公。寧公生了四個兒子，過世以後長子賈代化繼承官職。賈代化有兩個兒子，長子八、九歲時便已夭折；次子賈敬，在

賈代化過世之後繼承職位，但卻因沉迷道教，只愛燒丹煉汞，一心想做神仙，不做正事，幸好早年留了一個孩子名叫賈珍，娶妻尤氏，後來賈敬把官職讓給賈珍繼承。如今賈敬對家中大小事務一概不管，這賈珍哪裡肯讀書，貪愛玩樂，就是把寧國府翻了過來，也沒有人敢來管他。賈珍也生了一個兒子賈蓉，娶妻秦氏，小名可卿。

　　再說榮府，榮公死後，長子賈代善繼承了官職，娶金陵世家史侯的小姐為妻。如今賈代善早已去世，但史太夫人尚在。史太夫人，也就是賈母，有兩個兒子，長子賈赦、次子賈政，還有個女兒賈敏。賈赦在賈代善過世後繼承了官職，娶妻邢氏，納妾周氏。賈赦為人平靜中和，也不管理家事，生有一子，名喚賈璉，也是個不喜正務的，現在在叔叔賈政家裡幫忙料理家務。賈璉娶的是賈政夫人王氏的內姪女王熙鳳，也就是鳳姐。鳳姐模樣極為標緻，言談又很爽快，處事俐落，很多男人都比不上她的能幹，但心機很深。自從賈璉娶了這位太太，全府上下大多稱頌夫人，賈璉的地位反而倒退不少。然而賈璉與鳳姐成婚多年，卻膝下無子，只有一女小名巧姐兒。

　　而賈政自幼酷愛讀書，為人端方正直，賈代善死

時，皇上體恤先臣，除了讓賈赦繼承官職外，又賜了賈政主事一職，叫他到部裡學習，如今已升了員外郎。賈政的夫人王氏，頭胎生的兒子名喚賈珠，娶妻李紈，生子賈蘭。賈珠不到二十歲就病死了。王夫人第二胎生了一個女兒，因生在大年初一，所以取名元春。次年又生了一個兒子，生下來嘴裡銜了一塊五彩晶瑩的玉，玉上還刻著字，所以名叫寶玉，賈母對他愛如珍寶。除了寶玉外，賈政的妾趙氏也為賈家添了個兒子，名賈環。

在賈府中一起生活的，還有賈政的長女元春，因為賢孝才德而被選入宮中；二小姐迎春是賈赦的妾周姨娘所生；三小姐探春是趙姨娘所生；四小姐是寧府賈珍的妹妹，名惜春。因為賈母疼愛孫女，所以除了元春外，三位小姐都跟在祖母這邊一起讀書。

賈政的妹妹賈敏，嫁給揚州的林如海。林家是世代享有官位的人家，也是書香家族，只可惜家中人口少。林如海年已四十，只有一個女兒，乳名黛玉，夫妻寵愛如掌上明珠，見女兒生得聰明秀美，便請老

師教她識字讀書，藉以安慰自己膝下無子的遺憾。黛玉年紀還小時，賈敏便一病而亡。黛玉身體本就孱弱，加上失去母親過於哀痛，因此舊疾復發，在家休養了好些時日，無那心力上學了。

賈母念及喪母的黛玉無人依靠，便派了僕人和船隻去接她。黛玉原不忍離開父親身邊，但外祖母堅持要接她過去，加上父親也頻頻勸說：「妳年紀還小又體弱多病，而且上無母親教養，下無姐妹扶持，現在前去依靠外祖母及舅父姐妹，我就不必擔心了。」於是，黛玉灑淚拜別父親，搭船前往京都。

第二回 這個妹妹，我曾見過的

　　經過長途舟車勞頓，黛玉終於來到繁華的北京城，才剛下船準備上岸時，就看見榮府派來接她的轎子。黛玉坐在轎中，暗自想著：近日看到來接她的幾個僕婦吃穿所花的錢，已和尋常人家不一樣了，不知外祖母家裡又有什麼不同？雖然說是外祖母，但畢竟仍是外人，因此她一定要步步留心、時時在意，不要多說一句話，不可多行一步路，不要讓人家笑話林家的孩子不懂禮貌。

　　悶了一會兒，黛玉掀開窗簾，從紗窗中看出去，市街熱鬧、人煙稠密，都城的繁華果然是別處沒得比的。走了半天，忽見街邊一戶人家，門前坐著十幾位華冠麗服的人，看這個氣勢，便知是榮國府了。按規矩，轎子不走大門，從西邊的小門進入，進門沒多久，便停下換了四個面目清秀的僕人來抬轎子，走到垂花門前落轎，這時連抬轎的僕人都肅靜的退出，不能再

往裡面走了。

眾婆子上前掀起轎簾，黛玉扶著婆子的手下轎，進了垂花門。屋外臺階上坐著幾個丫頭，一見她們來了，笑著迎上來，另有丫頭進去報信說：「林姑娘來了。」

黛玉才進屋子，兩個婆子扶著一位鬢髮如銀的老夫人過來，黛玉知是外祖母來了，正要行禮，卻被一把抱住，摟入懷中。賈母叫著大哭起來，直呼：「我的心肝寶貝啊！」一旁站著的眾人跟著落淚，黛玉也哭個不停。一會兒，大夥止住淚，黛玉才拜見賈母，賈母也為黛玉一一介紹廳裡眾人，又叫人去請三位姑娘出來。

不久，就見奶媽丫鬟擁著三位裝扮類似的姑娘進來，原來是迎春、探春、惜春姐妹。黛玉忙上前行禮，禮畢又回到座位喝茶敘誼。眾人見黛玉年紀雖小，舉止言談不俗，只是身體虛弱，臉有病容，知道她身體應該有病，便問她常服何藥，為何不治好呢？

黛玉回說：「平日不過吃些人參養榮丸補身罷了。自我會吃飯開始就吃藥吃

到現在了，看過多少名醫，都不見效。三歲那年，來了一個癩頭和尚，說要帶我去出家，我父母當然不肯，這和尚說，既捨不得，這病一生也不會好了，除非從此不讓她哭，也不讓她見外人，才可以平安到老。這和尚說的瘋話，沒人理他，我如今還是吃人參養榮丸。」

賈母聽了很心疼，說：「沒關係，我們這兒也有這丸藥，妳儘管放心，我叫他們多配一副給妳服用就是了。」

正說著，院中傳來高亢的聲音說著：「我來遲了，沒能迎接遠客。」

黛玉心想：「我一路來，這府裡的人都不敢大聲說話，不知來者是誰，這般放肆？」心下想時，只見丫鬟僕婦擁著一位美女進來，這人打扮和三位姑娘不同，頭上戴著用金絲串連珍珠和寶石的髮髻，正面還裝飾著由五隻鳳凰及珍珠做成的頭飾，身上穿著紅色質地柔軟的貼身棉襖，外面還罩著用彩色絲線編織而成的灰綠色外衣，下半身穿的則是翠綠色碎花有皺折的裙子。一雙丹鳳眼，兩彎柳葉眉，膚色粉嫩潔白，臉上掛著笑容

卻又帶有威嚴。

賈母向黛玉介紹說：「妳不認得她，她是我們這兒有名的『潑辣貨』，妳叫她鳳辣子就可以了。」

黛玉忙起身行禮。鳳姐回禮，牽起黛玉的手，細細打量，笑著說：「天下竟有這麼標緻的人，我今天總算見識到了。」一句話說得黛玉不好意思的紅了臉。

眾人噓寒問暖、說說笑笑一陣後，賈母吩咐兩個老嬤嬤帶黛玉去見兩個舅舅。賈赦之妻邢夫人正想告退，一聽賈母吩咐，趕緊起身，說要帶著黛玉去。賈母答應，邢夫人便帶著黛玉坐車往東府去。賈赦因身體不舒服，沒辦法見客。於是，黛玉又讓眾嬤嬤引著，乘車回西府轉往榮禧堂去拜見賈政。

進入堂屋，抬頭先看見一面大匾額，廳中用紫檀木雕刻而成的桌上擺著三尺多高青綠古銅鼎，兩旁十六張楠木圈椅。黛玉跟著嬤嬤轉進旁邊的小房間等待，只見臨窗有一座大炕*，上頭鋪著紅色的毯子，正面擺設繡著金線的枕頭和被子。兩邊有一對漆工精美的小桌子，桌上分別擺著文王鼎和插著時鮮花草的瓷器。下頭四張大椅都鋪著椅套，底下四副腳踏墊。兩邊又

---

*炕：大陸北方地區用磚或泥在屋裡砌成的臥榻。

有一對高腳桌，桌上設有茶具和花瓶。一會兒，幾個丫鬟捧茶過來，黛玉一面喝，一面打量這些丫鬟妝飾衣裙，行為舉止，果然跟別家不同。

茶還沒喝完，又有個丫鬟來請黛玉到正房內見王夫人。這正房內的擺設與剛才的小房間相似，一座臨窗大炕，炕的旁邊放著三張椅子。王夫人坐在炕上，靠著枕頭，一直叫黛玉也坐到炕上去。黛玉考慮到自己的輩分低，便向旁邊的椅子坐下。王夫人再三要黛玉上炕，黛玉才靠著王夫人坐下。

王夫人笑著說：「妳舅舅今日齋戒去了。他有一句話囑咐妳，妳三個姐妹都很好，以後就一塊兒讀書認字、學針線。只有一件不放心的事，就是家裡的混世魔王，今天去廟裡還願還沒回來，晚上妳看見就知道了，妳以後不必理他，妳這些姐姐妹妹都不敢招惹他的。」

黛玉曾聽母親說過她有個表哥，銜玉而生，頑劣異常，不喜讀書，最愛在女兒堆裡廝混，外祖母又溺愛，無人可管，舅媽說的應該就是這位表哥了。她一面陪笑說：「我來了，自然是和姐妹在一起，弟兄們是

別院居住，不會惹事的，何況聽説這位哥哥性情雖然頑皮，對姐妹卻很好。」

「妳可不知道前因後果，因為老太太寵他，他從小和姐妹們一起嬌養慣了，如果妳和他多説了兩句，他心上一喜，嘴裡一時甜言蜜語，瘋瘋癲癲，妳可別信他。」王夫人雖是這樣提醒黛玉，眼裡卻滿是憐愛，言語中沒有絲毫責備寶玉之意。

黛玉一一答應。隨後賈母派了個丫鬟來請黛玉過去吃飯，於是王夫人又帶著黛玉到賈母上房去。

一進房，見賈母在正面矮床上獨坐，已有許多人在此安設桌椅，拿著漱口杯和毛巾在旁邊等著，鳳姐與李紈也站在一旁侍候。鳳姐讓黛玉在左邊最尊貴的第一張椅子上坐下，黛玉連忙推讓。賈母笑著說：「妳舅媽和嫂子們是不在這兒吃飯的，妳是客人，本來就應該坐在這裡。」黛玉這才坐了首位。賈母要王夫人也坐了，接著迎春三姐妹才敢循序坐下吃飯。席間侍候的媳婦丫鬟雖多，卻靜得連一聲咳嗽聲都沒有。

吃完飯，各人的丫鬟捧茶上來，又有人捧上漱口杯，黛玉也漱了口。然後又

捧茶上來，這才是可以喝的茶。以往黛玉在家，飯後要過一會才喝茶，比較不傷脾胃。但她看賈府許多規矩不像家裡，也只得入境問俗隨和些，接過茶來喝了。

喝過茶，賈母便要王夫人等人先回去，讓她們祖孫自在的說說話。王夫人連忙起身告退，引著鳳姐、李紈去了。

賈母拉著黛玉的手，說：「妳三個姐妹都在這兒讀點書、識些字，以後妳就安心待著，和她們一塊。」說完又問：「在家鄉讀過哪些書了？」

黛玉回答：「剛念了四書。」

話音剛落，便聽外頭一陣腳步響，丫鬟來報寶玉來了。

黛玉心想：「這寶玉不知道會是怎麼一個懶散刁頑的人。」等看到寶玉進來，竟是個樣貌清秀的年輕公子，頭上戴著把頭髮束起來的寶石頭冠，身穿一件用金線繡滿蝴蝶和花朵的紅色外衣，腰間繫著五彩絲線裝飾而成的腰帶，腳上穿著一雙黑色緞面白色厚底的小朝靴，脖子上掛了以珠玉裝飾的飾品，又有一根五色絲帶，繫著一塊美玉。神采飛揚，風度翩翩的樣子，與「混世魔王」一點也沾不上邊。

黛玉一見寶玉，心裡很納悶：「好奇怪，怎麼好像

紅樓夢

在哪兒見過一樣！」

　　寶玉先向賈母請了安，賈母叫他先去向王夫人請安再來。他轉身去了，再回來時，身上又換了一身打扮。頭上短髮都綁成小辮子，再聚集到頭頂編成一根大辮子，用各色寶石和珠子裝飾。脖子上仍舊帶著項圈、寶玉等物，身上的銀紅撒花大棉襖，越襯出他好像擦過粉塗過口紅一樣的臉色。舉手投足間，顧盼多情，有一種渾然天成的優雅韻致。黛玉心想：「看這外貌，非常出眾，卻不知人品如何？」

　　賈母見寶貝孫兒進來，笑容滿面的說他：「外客還沒見就換了居家衣服？」接著，對他招招手說：「還不見見你林妹妹。」

　　寶玉之前進來早看見房裡一個體態輕盈舉止優雅的陌生女孩，就猜她是姑媽的女兒，聽賈母這麼說，忙來作揖相見，細細端詳，見她兩彎輕攢的柳眉，一雙水汪汪的大眼，含情帶淚的神態，隱約帶有幾分病容，嬌柔樣貌，比病西施更勝三分。寶玉頻頻點頭，笑著說：「這個妹妹，我曾見過的。」

賈母笑說：「別胡說了，你哪裡見過她？」

「就算是沒見過，卻很面善，雖然和林妹妹初見，卻覺得像是舊識久別重逢一樣。」寶玉說著，一面靠到黛玉身旁坐下，好奇問道：「妹妹讀過書嗎？」

黛玉謙虛的說：「不曾讀書，只上了一年學，認得幾個字。」

寶玉又問：「妹妹尊名？」

黛玉說：「小名黛玉。」

「可有玉沒有？」

沒想到寶玉突然問起這問題，黛玉先是一愣，後來心想：「一定是因為他有玉，才問我有沒有？」便回答說：「我沒有玉，你那玉是件稀罕的寶物，哪能人人都有？」

寶玉聽了，馬上發起脾氣來，摘下那玉，用力摔下去，罵說：「什麼稀罕東西，我也不要這玩意兒！」嚇得眾丫鬟僕婦一擁而上爭著去拾玉，黛玉也被寶玉突如其來的驚人舉動嚇得瞪著大眼，大氣不敢喘一口，眼淚跟著撲簌簌的流。

賈母急得摟著寶玉，說：「孽障！你生氣，要打要罵都可以，幹嘛摔那命根子！」

寶玉滿面淚痕，哭著說：「家裡姐姐妹妹都沒有，

單單我有，我說沒趣兒。現在來了這個神仙似的妹妹也沒有，可見這不是好東西！」

賈母見他發孩子脾氣，連忙哄他說：「你這妹妹原來也有玉的，因為你姑媽去世時，捨不得你妹妹，就把她的玉帶去了。她說沒有，是自己不便誇耀。你還不快戴上，可別讓你娘知道了。」說著，從丫鬟手中接來寶玉，親自給他戴上。寶玉聽祖母這麼說，也就不再鬧了。

一時晚了，眾人散去。寶玉原住賈母上房內隔出來的小房間裡，如今來了個林黛玉，賈母便吩咐：「將寶玉移出來，和我同在套間裡，暫時把黛玉安置在寶玉之前睡的小房間。等春天來了，再給他們收拾房屋，另作安置。」

寶玉一聽，笑著說：「好祖宗，我就睡在小房間外的大床上，何必去吵得您不得安靜呢？」賈母一想，說：「也罷！」又見黛玉帶來的奶娘王嬤嬤年紀大了，丫頭雪雁年紀又太小，很不放心，便把自己身邊的丫頭紫鵑給了黛玉。

於是，黛玉與奶娘、貼身丫鬟睡在小房間內；寶

紅樓夢

玉的乳母李嬤嬤還有丫頭襲人陪侍寶玉睡在外面大床上。

此後，黛玉客居賈府，賈家上下對她照顧有加，又有三位姐妹及幾位姑嫂相伴，除了偶爾惦記家鄉的老父外，倒也沒什麼好掛慮了。

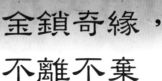

第三回 金鎖奇緣，不離不棄

　　過了幾日，僕人忽然回報：「姨太太帶了哥兒、姐兒合家進京，在門外下車了。」王夫人一聽，高興的連忙去迎接。

　　來訪的姨太太正是王夫人的親姐妹，到了四十歲左右才生了兒子薛蟠，又因薛蟠幼年喪父，全家上下對他溺愛縱容，以致老大無成。而薛蟠本性奢侈，終日不務正事，身旁又交了些常常故意製造事端和糾紛的總管夥計等人，對他多加拐騙，家裡原有的幾處生意也就漸漸消耗了。

　　薛姨媽還有一個女兒，比薛蟠小兩歲，乳名寶釵，生得肌骨瑩潤，舉止優雅。薛父在世時，很疼愛她，讓她讀書識字，才華比薛蟠還高十倍。薛父過世後，寶釵見哥哥不能安慰母親，只好減少讀書的時間，把心思放在縫紉、刺繡和家庭開支這些事上，幫母親分憂解勞。

此次進京，其實是因為薛蟠之前聽說京都繁華，很想好好遊玩一番，便以收算舊帳、訪親的名義，帶了母妹來了。

王夫人和薛姨媽姐妹久別重逢，悲喜交集，一番久別情懷。王夫人希望薛姨媽等人住下，而且賈母又派人來挽留，因此薛姨媽不敢推辭，便住了下來。

王夫人命人收拾了東南角梨香院那十來間閒置的房舍，給薛姨媽和薛蟠兄妹住下。這梨香院是當年榮公晚年靜養的地方，小小巧巧，前廳後舍俱全，另有一偏門通到大街，薛家人就從此門出入。梨香院的西南邊又有一道門通向王夫人正房的東院，每日飯後或晚間，薛姨媽便過來和賈母閒談，或者與王夫人聚一聚。薛蟠原本不願在賈府中居住，怕姨父管得嚴不自由，但住了一段時日後，與賈府中那些紈袴子弟認熟了，今日喝酒、明日賞花，甚至聚賭嫖娼，樣樣都來，薛蟠倒比起以往更放縱十倍。至於寶釵則每日和黛玉、迎春姐妹一起，看書、下棋、做做女紅，日子過得十分愜意。

黛玉自從在榮府住下，一來賈母萬般憐愛，寢食起居的規格如同寶玉，二來寶玉和黛玉二人白天同行同坐，夜間同止同息，感情自然不同於別人。但是如

今來了一個薛寶釵，年紀大不了多少，不僅品行端正，容貌秀麗，人人都說黛玉比不上。而且寶釵行為豁達，謹守本分，又懂得根據實際情況作適當的處置，不像黛玉自比清高，眼中容不下渣滓，所以深得僕人喜愛，像是小丫頭們也多和寶釵親近。黛玉看在眼裡，心中著實不舒坦。

這天，寶玉和黛玉正在房裡，不知為何言語不合，黛玉又淚眼汪汪，寶玉也自覺言語莽撞，對黛玉低聲下氣，黛玉才漸漸收起眼淚，二人和好如初。像這樣的情況，每日總要上演好幾回。只因那寶玉也還是個孩子，又和黛玉同住賈母房中，很自然的，就比別的姐妹熟悉一些，既熟悉，就親密些，既親密些，反而容易因小事發生嫌隙。

二人正閒說著，就見王夫人娘家帶過來的僕婦周大嬸進來說：「林姑娘，姨太太要我送花來給姑娘戴。」

「什麼花兒？」寶玉先拿過匣子來看，原來是兩枝用薄絹折疊縫製、樣式新巧的假花，黛玉遠遠瞧了寶玉手上的花，問說：「只送我一個人呢，還是別的姑娘都有？」周大嬸說：「大家都有，這兩枝是姑娘的。」

黛玉冷笑道：「我就說嘛，如果不是別人挑剩下的，才不會給我呢！」

黛玉的話讓周大嬸不敢吭聲，一刻也不想多留的趕緊告退了。

過了兩天，寶玉聽說寶釵身子不太好，在家養病，便想去看她。來到梨香院中，寶玉先向薛姨媽請了安，再到裡間去探望寶釵。

只見寶釵坐在炕上作針線，頭上挽著黑色的髮髻，身上穿著淡黃色的棉襖，罩著玫瑰紫二色金銀線的坎肩，下身是蔥黃綾子棉裙，打扮樸實而不奢華。神情閒靜淡雅，安然自得。

寶玉一面看她作活，一面問：「姐姐可有好些？」寶釵這才知道寶玉進來，連忙起身含笑說：「多謝記掛，已經好多了。」說著，讓寶玉在炕沿坐下，又叫旁邊伺候的丫頭鶯兒倒茶，一面問老太太、姨娘和別的姐妹是否安好，一面打量著寶玉身上的裝束，看到寶玉脖子上那一塊落地銜下來的「寶玉」，笑著說：「平日老聽人家說你的這塊玉，倒是沒機會好好看看，我今天可要瞧個仔細。」說著，挪上前來，寶玉便把玉摘下來遞給寶釵。

寶釵托在掌上，只見那玉大

如雀卵，晶瑩溫潤，還有五色花紋纏繞保護。寶釵看了正面反面的篆文和圖像，口裡念著：「莫失莫忘，仙壽恆昌。」鶯兒聽了笑嘻嘻說：「我聽這兩句話，和姑娘金鎖上的兩句話倒像是一對兒。」

寶玉聽了，吵著要看寶釵的金鎖，寶釵說不過寶玉，便一面解了排扣，從大紅襖裡把那珠寶晶瑩、黃金燦爛的金鎖摘下來，一面說：「也是嵌了兩句吉利話，不然那麼重，誰要天天帶著！」寶玉一看，果然有「不離不棄，芳齡永繼」兩句吉利詞兒。寶玉念了兩遍，又念了自己的兩遍，笑著說：「姐姐，這八個字果然和我的是一對兒。」

寶玉這時與寶釵就近坐著，只聞陣陣香氣，便問：「姐姐燻的什麼香？我竟然沒有聞過這種味道。」寶釵說：「我最怕燻香，好好的衣服燻它幹嘛？是我早起吃了冷香丸的香氣。」寶玉說：「什麼冷香丸這麼好聞，也給我一丸嚐嚐吧。」寶釵笑著說：「丸藥也是這樣胡亂吃的？」

話還沒說完，外面丫鬟說：「林姑娘來了。」正說著，黛玉已搖搖擺擺進來了，一見寶玉，便笑說：「哎喲，我來得不巧了。」寶玉等忙起來招呼，請黛玉坐上炕。寶釵說：「這話怎麼說？」黛玉說：「早知他來，

我就不來了，大家錯開，今天你來，明天我來，豈不天天有人來，不至於太冷落，也不至於太熱鬧。」寶釵聽完會心一笑。

這邊薛姨媽差人擺了幾樣細巧茶果，留他們喝茶吃果子，又取出她自己做的鵝掌給他們嚐嚐。有了好鵝掌，寶玉就討酒喝，薛姨媽便叫人拿了上等好酒來。

寶玉又說：「不必燙暖了，我只愛喝冷的。」寶釵勸他：「寶兄弟，你難道不知道熱酒喝下去發散得快，冷酒下肚就凝結在身體裡面，拿五臟去暖它豈不受害？這壞習慣還是改了吧。」寶玉聽這話有理，便放下冷的，令人燙熱了才喝。

黛玉嗑著瓜子，只管抿著嘴笑，正巧雪雁幫黛玉送來小暖爐，黛玉問是誰要她送來的？雪雁說：「紫鵑姐姐怕姑娘冷，叫我送來的。」黛玉接過小暖爐，抱在懷中，語帶雙關笑道：「這就奇了，我平日和妳說的話，妳全當耳邊風，怎麼她說的妳就依，比聖旨還快呢！」

寶玉聽了這話，知道黛玉是在奚落他只聽寶釵的話，也不知該怎麼回應，索性嘻笑置之。寶釵向來知道黛玉是這個樣子，也不去理她。倒是薛姨媽說：「妳身子單薄，禁不得冷，她們惦記著妳還不好？」黛玉

說：「姨媽不知道，幸虧是在您這兒，不然別人還想，難道我們這兒沒有暖爐，要她特地從家裡送來？」

薛姨媽說：「妳想太多了，我們從來沒有這樣想過。」

寶玉笑著說：「姨媽別讓她唬了，她就是這樣！倒是這酒好，再喝一些吧！」

寶玉的奶娘李嬤嬤見寶玉連喝三杯，還想再喝，勸道：「老爺在家，小心老爺考問你讀書！」寶玉聽了這話，心裡大不悅，一時沒了興致。

黛玉忙說：「別掃了大家的興，你只管喝，舅舅若叫你，就說姨媽把你留在這呢。」又用手肘悄悄的推推寶玉，說：「別理她！我們只管喝吧！」

李嬤嬤很了解黛玉的為人，就說：「林姐兒，妳不要幫他說話了，倒要勸他，他會聽妳的。」

黛玉冷笑道：「我幹嘛勸他？妳這嬤嬤太小心了，老太太平日也給他喝酒，如今在姨媽這裡多喝幾口，料也不妨，難道是把姨媽當外人，不讓他在這裡喝酒嗎？」

這話把李嬤嬤急得直呼：「這林姐兒嘴裡說出來的話比刀子還厲害！」

寶釵也忍不住，笑著往黛玉臉上一擰，說道：「真

是的，這張嘴，讓人恨也不是，喜歡也不是！」

薛姨媽說：「別怕，別怕，放心喝，有我呢。索性吃了晚飯再說，要是醉了，就跟著我睡吧。」於是，大夥又開心起來，吃吃喝喝。

飯後，黛玉又喝了幾碗茶，看看時候不早了，便問寶玉：「你走不走？」

寶玉歪著一雙倦眼說：「妳要走我跟妳一起走。」說著，二人便告辭。

外頭正下著雪，小丫頭忙捧斗笠過來，粗手粗腳的往寶玉頭上一戴，寶玉有點不高興說：「輕點兒！算了算了，我自己來吧。」

黛玉見狀，說：「過來，我幫你戴吧。」只見黛玉用手輕輕籠住束髮的頭冠，將斗笠調整到服貼頭箍的位置，把那一顆核桃大固定頭冠的髮飾扶起。整理完畢，寶玉接了斗篷披上。等著黛玉也整裝完畢，兩人才並肩頂著風雪回去。那副模樣，就好像一對青梅竹馬的小倆口一樣。

第四回　天下無不散的筵席

　　這天寧府傳來賈蓉的妻子秦氏身體不舒服的消息，只因經期延了兩個月，看遍了府裡的大夫，有的說是懷孕，有的說是病了，吃了大夫開的藥方也沒有效，就這般病得一日重過一日。

　　賈珍和尤氏又擔心又煩惱，尤氏說：「現今在我們府裡走動的這些大夫，一個個都是聽人家怎麼說，他就加兩句謅謅的話再說一遍，說不出什麼名堂，這些人倒是很殷勤，三、四個人，每天輪著來看脈四五次，為了應付這些大夫，弄得媳婦一天要起來三、五次換衣服見大夫的。」

　　賈珍聽了這話，心裡很著急，說：「你們也真糊塗，何必脫脫換換的，萬一著涼了，豈不是又添一種病？剛才找到一位張姓名醫，我已叫人去請了，明天就來。」

　　尤氏聽了才稍稍放心，又問：「過幾天是太爺壽辰，要怎麼幫他過生日？」

　　賈珍說：「太爺說他是清靜慣了，不願到我們這裡。

要是有人來送禮，就要我們好好招待人家，禮物也不用送給他。我想，就擺兩日的筵席，請西府老太太、大太太等人過來逛逛就好。」尤氏答應，一一交辦。

次日午間，張大夫來了，由賈蓉陪同進房間為秦氏看診，診畢，出到外邊，張大夫才說：「看尊夫人脈息，應該有頭目眩暈、胃口不好、精神倦怠、四肢酸軟、月事沒來、盜汗這些症候。」

一個貼身服侍的婆子連連點頭說：「就是這樣！先生說得真準。大奶奶病到現在，看過好幾位大夫，都沒有您說得這麼準。」

張大夫搖搖頭說：「大奶奶這些症狀，被你們拖太久了。要是一開始就用藥，現在早就好了。把病耽誤到這地步，大概還有三成機會可以治得好，要是吃了藥，夜間能睡得著覺，則又多了兩成。先讓她吃藥看看。」於是寫了藥方子，又對賈蓉說：「依我看來，要過這個冬天是沒問題的，要是能撐過春天，就可望痊癒了。」賈蓉一聽就明白了，眼前只能盡人事聽天命，也就不往下細問了。

到了賈敬生日那天，前來寧府祝賀的人很多，邢夫人、王夫人、賈璉、鳳姐、寶玉都來了，

只有賈母因為身體有些倦乏，只要了幾樣好吃的果子，並沒有過來。

眾人閒談間，王夫人問起秦氏的身子狀況，尤氏大略說了：「她這病來得奇，昨天有個醫道很好的大夫來看，開了藥方子，媳婦吃了一劑藥，頭暈的毛病稍稍微好一些，別的症狀仍不見好轉。」

平常與秦氏感情深厚的鳳姐聽了，不覺紅了眼眶說：「我說呢，她如果不是真的不舒服，今天這個大日子，她怎會不來？唉！天有不測風雲，人有旦夕禍福，才這點年紀，要是有個三長兩短，人生在世，還有什麼樂趣？」眾人聽了也一陣傷感。

飯後，鳳姐想去看看秦氏，寶玉也吵著要跟，王夫人答應後，兩人便和賈蓉悄悄走到秦氏房裡。

秦氏一看到鳳姐和寶玉來看自己，掙扎著要站起來，鳳姐忙攔住她，近前拉住她的手說：「快別起來！我的奶奶，怎麼幾天不見就瘦成這樣了。」

秦氏勉強露出笑容說：「是我沒福氣！公婆把我當自家女兒；妳姪兒和我相敬如賓，從來沒有爭執吵紅臉；就是一家子的長輩同輩中，也沒有不疼我的。如今得了這個病，把我那個好強的心一分一分磨掉了。我看我這個年，未必熬得過去。」

寶玉聽見秦氏這話，不禁流下眼淚來。鳳姐看見了，也很難過，但是怕秦氏更難過，便忍住不哭，微笑說：「寶玉，你也太婆婆媽媽了，哪有這麼嚴重，年輕人略略病一下，很快就好了。」鳳姐又勸解了一番才離開。

　　此後，鳳姐天天叫人去看秦氏，回來的人都說雖未添病，卻也不見好轉。秦氏的事還沒完，這年冬天快要結束的時候，林如海身染重病，寫信要接黛玉回去，寶玉不想與黛玉分離，心中不太痛快，無奈父女骨肉親情，他也不好阻攔。賈母聽了，心中更加憂悶，只能匆忙打點黛玉回家的事情，命賈璉護送黛玉回去，之後再帶她回來。等到所有要贈送的土產禮物、路途所需的旅費辦妥後，賈璉與黛玉便搭船往揚州去了。

　　自從賈璉送黛玉往揚州去後，鳳姐生活無趣，每到晚上，只能和心腹丫頭平兒說笑一回就睡了。這天夜裡，鳳姐和平兒一起睡覺。到了半夜，平兒已熟睡了，鳳姐才正睡眼微矇，恍惚間看到秦氏從外面走進來，含笑說：「嬸嬸睡得好嗎？我今天回去，妳也不送我一程！因我們平常感情好，我捨不得嬸嬸，特來道別，另有一件心願未了，只能託付嬸嬸。」

　　鳳姐聽了，迷糊中回應著：「有什麼心願，只管託我就是了。」

　　秦氏說：「嬸嬸，妳是脂粉隊裡的英雄，大多男子比不上妳，妳怎麼會連『月滿則虧，水滿則溢』這個道理都不知道？我們家現在雖然非常富貴顯赫，要是哪天樂極生悲，樹倒猢猻散*，豈不辜負了這個詩書世家的美名了？」

　　鳳姐聽秦氏這樣不看好賈家，心中不舒服，但也很佩服她有這個遠見，便問：「妳思慮得對，那要如何永保無虞？」

　　秦氏冷笑說：「嬸嬸真傻啊！哪有永保無虞的事呀？如果榮華時能想到衰敗時的窘況，那或許可以撐久一點。依我看家中花費要量入為出，多備田產、房舍、土地。不久之後會有一件不得了的喜事，看起來真是風風光光的太平盛世啊！但可不要忘了天下沒有不散的筵席。我和嬸嬸感情這麼好，臨走前特別來提醒兩句，嬸嬸千萬要記得。」

　　鳳姐還想問清楚時，只聽到門上的傳事雲板*連

＊樹倒猢猻散：比喻有權勢的人一旦失勢，那些依附的人便隨即散去。

＊雲板：舊時屋舍寬闊，以敲打木板的聲音傳達訊息。

叩四下，正是報喪的聲音。鳳姐驚醒，立即有人回報：
「東府蓉大奶奶沒了。」一時合家上下都知道了，長
一輩的，想到她素來孝順；平輩的，想到她平日和睦
親密；下一輩的，想到她的慈愛，還有家中僕從老小，
想到她憐貧惜賤、敬老慈幼的恩情，莫不悲號痛哭。

再說寶玉因為黛玉回鄉，落單一人，也不和人玩
耍，每天早早就寢，如今在夢中聽見秦氏死了，連忙
翻身起來，不覺「哇」的一聲，噴出一口血來。襲人
等忙過來扶著，又有人要去稟報賈母請大夫，寶玉揮
揮手說：「不用忙，我太激動了。」說著，便趕忙換了
衣服，馬上就要過去寧府。

賈母勸說：「才剛斷氣的人，那
裡不乾淨，還有夜裡風大，等明早
再去也不遲。」寶玉哪裡肯依，匆
忙跑到放置棺木的地方，痛哭一番。

那時寧府已經是亂烘烘的，人來
人往，哭聲震天。賈珍哭得淚人兒一
般，說：「全家上下，誰不知道我這媳
婦比我兒子強十倍，如今卻伸腿先去
了。」

眾人忙勸他：「人已辭世，多哭

無益，還是先商議如何辦後事比較好。」

賈珍聽完才漸漸收拾起眼淚，安排誦經、做七等事。因賈敬一心想成仙，聽到長孫媳婦死了，也不肯回家沾染俗氣，就把一切都交給賈珍作主處理。父親不來管事，賈珍正好可以趁機恣意奢華。他逾禮的用上等棺木殮*了媳婦，又想賈蓉不過是個監生，為了喪禮上風光一些，便花了一千五百兩銀子給他買了個五品的官職。

喪事期間，親友你來我往，不能計數，一條寧國府街上，白漫漫，人來人往；花簇簇，官去官來。

看這風光場面，賈珍雖然心滿意足，但因妻子尤氏舊疾復發，不能料理事務，賈珍擔心各家官員往來，若是疏忽，失了禮數，讓人笑話，心裡正煩惱著，不禁面露愁容。寶玉在旁看了，問道：「各項事務都辦得妥貼，大哥還擔心什麼？」賈珍便把心中憂慮之事說了。寶玉聽了笑說：「這一點都不難，我推薦你一個人，請她幫忙處這一個月的事，包你妥當。」寶玉見座間還有許多親友，不適合明講，走到賈珍耳邊說了兩句。

賈珍聽了，非常贊同，拉了寶玉就往上房走。很

---

*殮：為死者更衣入棺。

巧的是今天親友來的少，只有幾位近親女眷閒坐，聽僕人報說：「大爺進來了。」嚇得眾婆娘唉的一聲，急忙躲到房簾後面，只有鳳姐慢慢站了起來。

賈珍進來對邢夫人、王夫人行禮後，說：「姪兒進來，有一事要求二位嬸娘和大妹妹。嬸娘知道可卿過世了，我妻子又病倒，府裡頭沒人管事不成體統，若能請到大妹妹來幫忙，我就放心了。」

邢夫人說：「她現在在二嬸娘家，你和二嬸娘說就是了。」

王夫人怕鳳姐沒辦過喪事，沒辦法處理好，反被人看笑話，但聽賈珍苦苦哀求，一時又想不出解決的方法，只能望著鳳姐出神。那鳳姐最喜歡攬事，又好賣弄能幹，現在賈珍來求她，心中早已答應了，她看王夫人有些遲疑，便向王夫人說：「大哥說得如此懇切，太太就答應了吧。」

王夫人聽鳳姐答應，便不出聲。

賈珍見狀，又陪笑又作揖，馬上叫人取來寧國府的「對牌」給鳳姐，說：「妹妹愛怎麼辦就怎麼辦，只要拿著這個對牌，領用金錢物品不必問我，直接拿牌子去領就可以了。妹妹不用替我省錢，以場面好看

紅樓夢

為準，再來管人的方式要和妳府裡一樣，不要怕人抱怨。」鳳姐不敢接牌，只看著王夫人。

王夫人點了頭，說：「妳大哥既然這麼說，妳就照他說的去做吧。」

王夫人話還沒講完，寶玉早向賈珍接過對牌，遞到鳳姐手裡了。

第五回　鳳姐膽大弄權

　　鳳姐答應到寧府管事之後，便叫人造了冊簿，又要了記錄府中所有下人職銜的「家口花名冊」來，接著傳令隔天一早所有家中佣僕到寧府聽差。

　　寧府總管賴陞召集眾人，細細吩咐說：「如今請了西府裡璉二奶奶來管事，她來支取東西或是說話，都要小心伺候。每日大家早點來晚點散，寧可辛苦這一個月，往後再歇息，可不要丟了寧府的臉面。那璉二奶奶個性可是個出了名的固執和暴躁，不講情面，若不小心惹了她，她是不會給人面子的。」眾人聽了心裡都有了底，戰戰兢兢的繃緊了神經。

　　第二天鳳姐一早就到寧府，先來個下馬威說：「既然請我來這裡，我可沒有你們奶奶好性子，可不要說你們府裡原來是怎樣怎樣，現在一切都要照著我的方式做。若有半點差錯，我可是一律依家法處治。」

　　接著，鳳姐按花名冊把僕人一個一個叫進來觀察、分配工作，然後吩咐：「這二十人分成兩班，負責本家

親戚喝茶吃飯的工作，那四十人分兩班，負責靈前上香、添油、守靈，另外三十人每日輪流照顧看管門戶，打掃地方……不論大事小事都得依時辦理，我會到各處查一遍，若有偷懶不按時的，可別怪我翻臉不認人。」說完，又吩咐按數發放茶葉、油燭、掃帚等物，一面交發，一面提筆登記，某人管某處、領某物，十分清楚。眾人領了去，各安其事，不像先前只撿輕鬆的事做，苦差事沒人攬。幾天下來，就算是人來客往，也不會紊亂無頭緒了。鳳姐見自己掌握權力，發號施令沒有人敢不遵從的，心中十分得意，也就更加殷勤，天天按時到寧府處理事情。

某一天，鳳姐按名查點人數，有一名負責迎送親友的下人未到，鳳姐馬上下令傳他過來。那人一來，惶恐的跪下說：「小的天天都早到，只有今天來遲一步，求奶奶饒過初犯。」

鳳姐板起臉說：「這次饒你也不是不行，只是我這次放鬆了，下次就難管別人了。」接著命道：「帶出去打二十個板子，革一個月的薪水。」這下子寧府中人人知道鳳姐的屬害，此後都兢兢業業做事，

紅樓夢

不敢偷懶。

才剛處置了這人，<u>寧</u>府幾個僕婦前來領東西，<u>鳳</u>姐剛處理完，<u>榮</u>府那邊又有事要<u>鳳</u>姐決定。剛到了<u>寧</u>府，<u>榮</u>府的人跟著；回到<u>榮</u>府裡，那邊<u>寧</u>府的人又跟著。二府瑣事冗雜，忙得<u>鳳</u>姐茶飯無心，坐臥不寧。但<u>鳳</u>姐生性好勝，怕被別人說長道短，哪肯一絲懈怠？因此身體開始有些不舒服的症狀，還絲毫沒有察覺。

因為<u>鳳</u>姐的精明能幹、勇於任事，<u>秦</u>氏的喪事辦得風光又妥貼，府中上下沒有不稱讚的。

這天，棺木被送到<u>鐵檻寺</u>準備下葬，一路熱鬧非常。到了寺中，為往生者誦經、祈禱和設香壇，最後安靈於內殿偏室之中。處理完安葬的事情之後，親友有的留下來用齋飯，有的就告辭了，只有幾個近親本族的，要等做過了三日法事才走。<u>鳳</u>姐還有事要料理，還不能回家，但又嫌<u>鐵檻寺</u>不方便，於是叫人去離<u>鐵檻寺</u>不遠的<u>水月庵</u>跟<u>靜虛</u>尼姑說了，騰出房間給她歇息。

原來<u>鐵檻寺</u>是<u>寧</u><u>榮</u>二公當年修造的，其中陰陽兩宅都預備妥貼，好讓送靈人口寄居，後來族中人口繁盛，貧富不一，那些家道艱難的，也就搬到這兒住下了。後來，一些有錢有勢、注重排場的人，寧願到附

近村莊或尼庵尋找休息的地方，不願與他們為伍。這次秦氏喪事，族中很多人都將就在鐵檻寺住下，唯獨鳳姐到水月庵歇著。

鳳姐到庵中時，眾婆娘僕婦辦完事都陸續去歇息，眼前只有幾個心腹婢女。靜虛老尼見機不可失，對鳳姐說：「老尼有一事想求太太，正巧奶奶來了，還請奶奶先幫我這個忙。」

鳳姐冷冷問道：「什麼事？」

靜虛說：「早先老尼在長安縣出家，那時有位張大財主與女兒金哥，常在我廟裡進香。一次，金哥到廟裡進香時，被長安縣太爺的小舅子李衙內看上，李家打發人來求親。但金哥已收了長安守備公子的聘禮，便回絕了李家。那李公子執意要娶，守備家的人沒聽清楚事情原委，不分青紅皂白便來作賤辱罵，偏又不肯退聘，還打官司告起狀來，張家急了，找人上京來尋找門路，賭氣偏要退聘禮。我想那李衙內的上司節度使雲老爺和府上交情很不錯，想請太太跟老爺說一聲，求雲老爺跟守備關說，不怕他不依。若能順利處理此事，張家那怕傾盡家產來孝順

紅樓夢

老爺，也是情願的。」

鳳姐笑說：「這是小事，不難辦，只是太太現在不管這樣的事了。」

靜虛說：「太太不管，奶奶可以作主了。」

鳳姐又說：「我又不缺銀子用，我也不管這樣的事。」

聽鳳姐這樣說，靜虛有點洩氣，只得打消念頭，過了一會兒，自言自語道：「張家人不知道是太太沒時間管這種事，還以為賈府一點本事都沒有。」

鳳姐一聽這話，興頭就來了，她說：「妳知道我不信什麼陰司地府報應什麼的，不管什麼事，我說行就行。妳讓張家拿三千兩銀子來，我就給他出這口氣。」靜虛一聽，喜不自勝，連忙道謝。鳳姐又說：「我要這三千兩銀子，不過是給打點做事的僕人，讓他們賺幾個辛苦錢，我一個子兒也不要。」

靜虛再三道謝才告退。

次日，鳳姐悄悄把昨日和靜虛所說的事說給管家來旺兒知道。來旺兒一聽就明白，急忙進城，假託賈璉的命令，找人修書一封，連夜往長安縣去，百里路兩天功夫就來回。長安節度使雲光，曾受賈府之情難以回報，這些小事，哪有不盡心的道理。

過了兩天，一打聽，果然守備忍氣吞聲，收下退聘。誰知那愛勢貪財的張大財主，卻養了一個知義多情的女兒，聽說退了前夫，另許李門，她便上吊自盡；而那守備之子也是個情種，知道金哥自殺，當日便投河而死。可憐張李二家落個「人財兩空」的下場，而鳳姐卻安享了三千兩，這王夫人根本不知道。

　　從此以後，鳳姐越來越大膽，諸如此類，欺上瞞下的事，不可勝數。

第六回　大觀園寶玉試題才

　　喪事期間，林如海也因病重身亡，賈璉特地派人回來賈府報訊，說等林如海安葬後，便帶著黛玉回來，大約年底便到。

　　一片愁雲慘霧中，傳來賈元春晉封為賢德貴妃的喜事，皇上還特別恩准貴妃返家省親*。消息傳來，寧榮兩府上下內外人等都非常欣喜，只有寶玉一副事不關己的模樣。直到聽說黛玉快要回到賈府，他臉上才露出開心的樣子。好不容易盼到隔天中午，有人來報：「璉二爺和林姑娘進府了。」寶玉急忙迎了出去，一見黛玉，經歷喪父之痛後，身形削瘦，變得更飄逸了。二人悲喜交集，不免大哭一場。見過眾人後，黛玉便忙著安放行李、布置器具等等，此後確定將在賈府長住了。

　　為了貴妃回家省親，賈府修建省親別院的大事也

---

* 省親：歸鄉探望父母或其他尊親。

如火如荼進行，<u>榮</u><u>寧</u>二府總動員，忙得不可開交。<u>賈</u><u>政</u>不慣於俗務，造園的事情只憑<u>賈赦</u>、<u>賈璉</u>、<u>賈珍</u>等安插擺布，而<u>賈赦</u>只在家高臥，若有要緊的事<u>賈珍</u>等才來和他商議，因此只要是那些芝麻綠豆般的小事，<u>賈珍</u>等便逕自處理了。這日，<u>賈珍</u>等人來回報<u>賈政</u>：「園內的工程大致接近完成，大老爺已看過了，只等老爺瞧了，如有不妥之處，再行改造，接著就可以題上匾額對聯。」

　　<u>賈政</u>說：「這匾對倒是一件難事，論理，應該請貴妃賜題，可是貴妃現在又沒辦法親臨觀景，難道要憑空擬對？若等到貴妃遊幸時再請賜題，這些景致沒有標題，也沒有詩句對聯，再好的景色，也減色幾分。」他沉思一會，又說：「我們今日先去看看，就先題了，若妥當便用，若不妥，再請賢儒來重擬。今天天氣和暖，大家不妨一起去逛逛。」<u>賈珍</u>一聽，便先去園中打點安排。

　　<u>賈政</u>又想起近日老師稱讚<u>寶玉</u>能對對子，雖然不喜歡讀書，倒有些偏才，所以叫他一起入園，有意試他一試。於是，<u>賈政</u>帶著府內師爺們和<u>寶玉</u>，浩浩蕩蕩往新園子去。

　　來到園外，<u>賈政</u>正對大門，只見正門五扇對開大

紅樓夢

門，上面是瓦泥的屋脊，門欄窗格都細細雕刻著最新花樣，下面是白石臺階，而左右粉牆下，虎皮石隨意亂砌，自成紋理，不落俗套。賈政看這門面堂皇雅致，非常高興。開門進去，只見一片綠意當前，賈政點點頭說：「若不是有此山，一進來，園中所有景致便盡入眼簾了，那有什麼趣味！」

眾人呼應著：「沒錯，沒錯。」說完，往前一望，有白石縱橫拱立，上面苔蘚斑駁，或藤蘿掩映，隱約可見羊腸小徑。順著走去，進入山口，一抬頭，山上有鏡面白石一塊，正是要留題的地方。

賈政問：「請問各位，此處該題何名？」

有的說該題「疊翠」，有的說題「錦嶂」，其實眾客心中早知賈政要試寶玉的才情，所以隨意拿些俗套來敷衍。賈政聽了，便回頭叫寶玉擬一個。寶玉說：「這裡並非主山正景，不過是進來探景的入口，不如直接用古人說的『曲徑通幽』，倒也大方。」眾人聽了，都讚說：「真妙，真妙，寶玉天分高，不像我們書讀呆了。」賈政聽寶玉得到眾人讚賞，雖然開心卻口是心非的笑著說：「不要太誇獎他，他年紀小，只是拿古人的句子來充數罷了。」

出了石洞，眼前豁然開朗，白石為欄，環抱池沼，

又有石橋連繫三港，橋上有一座涼亭。眾人到亭內坐了，只見兩邊建築物，隱於山坳樹梢間。賈政又問此處題名，寶玉說不如題曰「沁芳」，新奇雅致。賈政點頭微笑，眾人又是稱讚個不停。走出涼亭，有一帶粉牆，數間房舍，有千百竿翠竹遮映。進門便是曲折遊廊，正面三間房舍，從裡面的房間出去便是後院，有株梨花、闊葉芭蕉，還有一條清泉。寶玉題匾「有鳳來儀」，賈政還算滿意的點點頭。

眾人一面說笑，一面往下走，眼前青山斜阻，繞過山腰，隱隱露出一排黃色泥牆，用稻莖掩護，上頭插有幾百支杏花，裡面有數間茅屋，外面卻是用桑樹、榆樹、槿樹以及各色樹枝，編成兩排青籬。籬外山坡下，分區種著各式蔬菜。賈政笑說：「雖然是人工鋪設，還滿有幾分道理，入目動心，勾引起我想歸農的心意。」眾人正要進去，見籬門外路旁有一石，也是留題的地方，眾人說：「乾脆就叫『杏花村』如何？」

寶玉躍躍欲試，不等賈政命令，便說：

「若用杏花為名，就太俗氣了。唐人詩裡有『柴門臨水稻花香』，何不叫做『稻香村』呢？」眾人聽了，更是同聲拍手稱讚：「妙！」

　　賈政臉上是掩不住的笑意，卻故意喝斥寶玉說：「無知小子，你知道幾個古人，記得幾首舊詩，也敢在老先生跟前賣弄！」

　　轉過山坡，穿過花叢與柳樹，來到芭蕉塢，寶玉題為「蓼汀花漵」。接著走過橋去，看見一所清涼瓦舍，走進瓦舍，各色石塊環繞四周，竟把裡面的房屋都遮住了。而且舍中沒有一株花木，只有許多異草，馥郁芬芳。就像是離騷中提到的那些芳草，因此寶玉擬題「蘅芷清芬」。沒走多遠，只見高峻的大殿，層樓高起，青松輕輕拂過屋簷，玉蘭拾級而上，金輝獸面，這就是正殿了。

　　賈政嫌太富麗，眾客倒說：「貴妃雖崇尚節儉，可是以今日尊貴的身分，如此禮儀，並不為過。」一面說一面走，只見大殿正面一座玉石牌坊，上面盤繞著雕工精細的蟠龍，有人說：「這兒應該題『蓬萊仙境』才妙。」賈政搖頭不語，過一會兒，又要寶玉擬題。

　　寶玉見了這個地方，覺得似曾相識，卻一時想不起在哪兒見過。賈政又叫他題詠，寶玉只顧著細思前

景，一時出了神，呆愣在那兒。眾人不知道其中緣故，以為寶玉受這半日折騰，才盡詞窮了，便來解圍：「算了，明日再題吧。」賈政也怕逼太緊了把寶玉嚇傻，賈母會不放心，於是板著臉說：「你這臭小子，也有做不出的時候，也罷，這裡是最重要的地方，限你明日題來。」

走了這半日，才逛了一半左右，眾人已是腿酸腳軟，正好前面露出一所院落來，賈政便引眾人穿過竹籬花障編成的月洞門，入內歇息。兩邊盡是遊廊相接，一角種幾株芭蕉，另一角是一樹海棠，眾人在廊下榻上坐了，賈政說：「想幾個新鮮字來題吧！」有一客說：「『蕉鶴』二字甚妙。」又有另一客說：「『崇光泛彩』才妙。」寶玉說：「依我看題『紅香綠玉』四個字，兩全其美。」賈政搖搖頭說：「不好，不好。再想想。」

說著，眾人又起身往下走。走出這個院子，眼前卻是大山阻路，眾人一時找不到方向，賈珍得意的說：「隨我來。」說罷，便在前引導。眾人跟著，由山腳下一轉，便是平坦大路，大門突然出現在眼前，眾人都說：「有趣，有趣，實在巧奪天工。」

寶玉跟了這半天，心中記掛著黛玉等姐妹們，可是沒有賈政的允許，不敢私自離去，只好跟到書房。

賈政忽然想起寶玉還在這兒，就說：「你還不走，還沒逛夠嗎？不怕老太太念著你啊？」寶玉這才退了出來。

來到院外，早有賈政的童僕上來抱住寶玉說：「難得今天老爺歡喜，而且人人都說你的文才比眾人高，二爺今天這麼露臉，該獎賞我們了。」

寶玉笑說：「每人一吊錢。」

眾人不依：「一吊錢哪成，把這荷包賞給我們吧。」說著，個個都上前解荷包、解扇袋，寶玉還來不及反應，眾人便把寶玉所佩之物，全都解去。然後一個個童僕團團圍著，把寶玉送到賈母門前。那時賈母正等著他，知道賈政沒有為難他，心中也很高興。

過一會兒，襲人倒了茶來，看見寶玉身邊佩物一件也沒剩，無奈的苦笑道：「身上的東西，又被那些不要臉的人解去了？」

黛玉聽說，走過來一瞧，果然一件也沒有，便質問寶玉：「我給你的那個荷包也給他們了？以後你別想再要我的東西了。」說完，生氣的回到房間，把前日寶玉要她做但還未完工的香袋用剪刀剪破。

寶玉見她生氣，忙趕過來，卻來不及阻止。寶玉拿起那香袋來看，雖然還沒完工，卻也十分精巧。見黛玉無緣無故把香袋剪壞了，他生氣的解開衣領，從裡面衣襟上把繫著的荷包解了下來，遞給黛玉，沒好氣的說：「妳看這是什麼？我什麼時候把妳的東西給人了！」

　　黛玉看他把這荷包密密藏著，當寶貝一樣怕被人拿走，她懊惱自己莽撞剪了香袋，一時又拉不下臉，低著頭，一語不發。

　　寶玉也發了孩子脾氣，把荷包往黛玉懷中一丟，氣急敗壞的說：「妳也不用剪，我看妳是懶得幫我做東西。這荷包還妳。」

　　黛玉氣得眼淚撲簌簌直掉，拿起荷包又剪。寶玉見狀，忙回身搶住，陪著笑臉說：「好妹妹，饒了它吧。」

　　黛玉把剪刀一摔，哭著說：「你不用對我一下子好，一下子壞，要生氣就都別理我。」說完，賭氣上床，背對著寶玉。寶玉只能跟上床，妹妹長、妹妹短的賠不是。

　　黛玉被寶玉纏不過，只得起來說：「你不讓我好好睡，我就走開吧。」說著，往外就走。寶玉厚臉皮跟著，笑著說：「妳到哪裡，我就跟到哪裡。」一面仍拿

著荷包要戴上。

　　黛玉伸手搶過來，說：「你不是說不要了，現在又要了，羞不羞啊！」說著，破涕為笑。

　　寶玉趁機說：「好妹妹，明天另外替我做個香袋吧。」

　　黛玉笑著說：「那要看我高興不高興做。」

　　兩人一面鬥嘴，一面手牽手往王夫人上房中去問安了。

　　此時王夫人那兒非常熱鬧，原來是賈妃省親的日子已經確定在下一年的元宵，王夫人正忙著籌劃。

第七回　賈妃省親賜名

　　這段時間賈府十分混亂，一會兒有人來稟告工程少了什麼東西，請鳳姐去開倉庫；一會兒又有人回報，請鳳姐開倉庫收金銀器皿……王夫人、鳳姐以及眾上房丫鬟都忙得沒有空，直到十月才準備得差不多。

　　轉眼元宵就要到了，初八時就有太監先來看更衣、受禮和舉行宴會的地方，又有許多小太監在各個出入口設置圍起來的布幔，指示賈府人員在哪邊進出、在哪邊啟事等種種儀禮；地方官也派人打掃街道，驅逐閒人。

　　十五日正是賈妃省親的大日子，這天眾人一直等到天色暗了，才有十來個太監喘吁吁跑來拍手兒，通知賈府轎隊快到了，賈赦領全族子弟在西街門外，賈母則領著女眷在大門外迎接，這段時間整條街都靜悄悄的。

　　過了一會兒，才看見兩個太監騎著馬緩緩而來，到西街下馬，朝著西邊站立。又等了大半天，才是一

對太監騎馬過來，等到十幾隊太監經過之後，才隱約聽見鼓樂聲。慢慢才見一對對龍鳳圖紋的旗子與大扇子，又有焚著御香用金箔裝飾的提爐，接著是七鳳金黃傘，然後是太監捧著香巾、繡帕等物，一隊隊過完，後面才是八個太監，抬著一頂金頂鵝黃繡著鳳的轎子，緩緩的走過來。眾人連忙跪下迎接，目送轎子進門。入門後太監散去，只有昭容、彩嬪等女官引著賈妃下轎，入室更衣後，再上轎進園。只見園中香煙繚繞，花影繽紛，處處燈光相映，時時細樂聲喧，類似這樣的太平景象和美好繁華的流風餘韻，真是說也說不完！

　　賈妃坐在轎內看了這園子內外風景，頻頻點頭，卻說：「太奢華浪費了。」接著賈妃下轎搭船，只見岸邊石欄上點著各色水晶玻璃風燈，好像銀光雪浪；上面柳樹、杏樹上，也點了萬盞的燈；池塘中有花形、鳥形的各色彩燈，上下輝映，水天煥彩。隨後船進入一石港，港上一面用燈排字的匾額，亮著「蓼汀花漵」四字。

　　賈妃看了這四個字，笑著說：「『花漵』就好了，何必『蓼汀』？」侍座太監聽了，忙下船上岸，傳話給

賈政，賈政也馬上叫人換了。

　　不久，船停靠內岸，賈妃下船上轎，見石牌坊上寫著「天仙寶境」，賈妃叫人換了「省親別墅」簡單樸實的四個字。進入行宮，賈妃退入側室更衣，然後才又坐上省親的馬車出園。

　　到了賈母正室，行禮之後，彼此上前相見，賈妃一手挽賈母，一手挽王夫人，久別重逢的三人滿腹說不出的言語，只是嗚咽對泣。站在一旁的家中女眷，也頻頻擦眼淚。

　　過沒多久，賈妃才強忍悲痛，安慰祖母與母親：「今日好不容易回家，大家不開心的聊天說話，反而哭個不停，等一下我走了，又不知哪年哪月才得一見呢！」說到這兒，不禁又哽咽起來。邢夫人連忙上來安慰，賈妃好不容易才止住淚，母女姐妹說些久別的情景及這段時間家中所發生的事。

　　不久，賈政來到簾外問安行禮，賈妃對父親說：「一般普通的家庭，都能享天倫之樂，我們雖然富貴，卻骨肉分離，實在沒什麼意趣。」

　　賈政也含淚稟告：「請貴妃別以老父、老母晚年為念，要勤慎恭敬的侍奉聖上，才不負皇上眷顧隆恩。」接著又報告：「園中所有建築物的匾額都是寶玉所題，

如有一、二可用，便請貴妃賜名。」

貴妃聽說寶玉能題字，心中非常高興，便叫寶玉來見。小太監帶著寶玉進來，行禮完，貴妃命他近前，把寶玉擁入懷中，輕撫他頭臉，說著：「比先前長高好多了。」才說一句話，又淚如雨下。

其實賈府世代詩書，才學比寶玉優秀的大有人在，哪裡需要拿寶玉的詩詞來命名？只因貴妃還沒入宮之前，從小是賈母親自教養，後來添了寶玉，貴妃是長姐，寶玉為幼弟，貴妃念在母親老來得子，因此特別寵愛寶玉，加上兩人同在賈母旁邊，片刻不離。在寶玉才三四歲時，貴妃已經口傳教授寶玉好幾本書，認識了好幾千字，兩人雖為姐弟，卻情同母子。貴妃入宮後，還常為了寶玉的事寫信給父親，交代好好照顧寶玉。

這時，尤氏、鳳姐等人上來稟告：「筵宴已經準備好了，請貴妃遊幸。」貴妃起身，命寶玉導引，眾人步行到園中，登樓步閣，爬山涉水，眺覽徘徊，一處處鋪陳華麗、一樁樁點綴新奇。貴妃極力讚賞，又吩咐以後不可太奢華。

接著來到正殿，大開筵宴，賈母等在下席相陪，尤氏、李紈、鳳姐等人盛湯倒酒。筵席用畢，賈妃命

紅樓夢

令拿筆硯來，她要親自賜名，總名此園為「大觀園」，又改題「有鳳來儀」，賜名瀟湘館；「紅香綠玉」改作「怡紅快綠」，賜名怡紅院；「蘅芷清芬」，賜名蘅蕪院……又有四字匾額如「梨花春雨」、「桐剪秋風」等不可勝數。

題畢，賈妃向姐妹笑著說：「我一向沒有文才，今夜不過敷衍一下，不辜負大觀園的美景而已。各題匾詩詞，就妹妹們來題！隨意發揮，不要被我的微才所限制。」

賈妃最愛瀟湘館、蘅蕪院、怡紅院、稻香村四處，就叫寶玉賦詩。寶玉答應，便在一旁構思。迎春、探春、惜春、寶釵、黛玉、李紈也各賦一律。

黛玉本存心要大展長才，將眾人壓倒，沒想到賈妃只叫大家各作一匾一詠，倒也不好違抗旨意多做，所以胡亂做了一首五言律詩應命。

那時寶玉還沒做完，寶釵看見他起稿內有一句「綠玉春猶捲」，便趁著眾人不注意，悄悄對寶玉說：「剛剛貴妃才改『紅香綠玉』為『怡紅快綠』，你又用『綠玉』，豈不是有意跟她作對了，把『玉』字改為『蠟』吧。」寶玉聽了，開心的說：「哎呀，姐姐可謂『一字師』了，從此只叫妳師傅，不叫妳姐姐了。」寶釵說：

「還不快做上去，只姐姐妹妹的，誰是你姐姐？上頭穿黃袍的才是你姐姐。」一面說笑，又怕耽誤他題詩，抽身走開。

黛玉因為無法一展長才，心中不太舒坦，又見寶玉構思不太順利，草稿紙上塗塗改改，過了許久才續成三首，便走到寶玉桌前，叫他抄寫前三首，自己卻吟成一律，寫在紙條上，搓成一個紙團，丟到寶玉面前，寶玉打開一看，比自己做的高明十倍，趕忙抄寫呈上。賈妃看完，喜不自勝，說：「果然有長進。」又指黛玉所作的那首為四首之冠。

過沒多久，太監稟告：「賞賜的東西都準備好了，請貴妃檢查，按例行賞。」接著呈上禮物清單，賈妃看過後，太監就照禮單一一發放。眾人謝恩完畢，執事太監稟告：「時辰已到，請貴妃回宮。」賈妃忍不住滿眼又滾下淚來，卻又勉強笑著拉著賈母、王夫人的手捨不得放，再三叮嚀：「不用擔心我，好好保重身體。如今天恩浩蕩，一個月准許進宮省親一次，見面很容易的，不必太過悲傷。」賈妃心中雖萬般不捨，無奈皇家規矩絲毫不容違反，只得狠心上轎離去。

賈妃自大觀園省親回宮後，心想賈政一定會恭敬謹慎的把大觀園封起來，不讓閒人進去破壞，不過如此一來豈不辜負這園子的美妙山水？又想到家中那幾個能詩會賦的姐妹們，何不讓她們進去居住？還有寶玉自幼在姐妹淘中長大，如果獨獨冷落了他，賈母、王夫人也會捨不得，還是讓他一起進園同住。於是，下一道諭旨，命賈政讓寶玉和眾姐妹入園居住，一同讀書。

　　賈政、王夫人接了諭命，稟告賈母，派人進去各處收拾打掃。眾人聽見這消息雖然高興，卻不像寶玉因為可以遠遠的避開父親、和姐妹們朝夕相聚那樣的欣喜若狂。寶玉正和賈母盤算著要這個、要那個，忽然丫鬟來說：「老爺叫寶玉。」寶玉呆了半晌，像被潑了一盆冷水，變了臉色，拉著賈母，扭扭捏捏不肯去。賈母溫柔的安慰他：「好寶貝，你只管去，有我呢，他不敢欺負你。一定是娘娘叫你進園去住，他吩咐你幾句話，不過是怕你在裡頭淘氣。」

　　寶玉知道逃不過，只得前去，走一步退兩步的蹭到王夫人上房來。賈政剛好在王夫人房中商議事情，一抬頭看見寶玉站在前面，神彩飄逸、秀色奪人，再看看站在一旁的賈環，長得猥瑣、舉止粗糙，又想到

紅樓夢

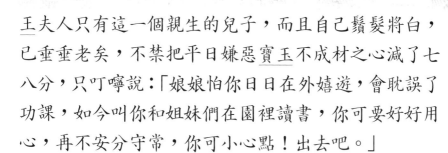

王夫人只有這一個親生的兒子，而且自己鬚髮將白，已垂垂老矣，不禁把平日嫌惡寶玉不成材之心減了七八分，只叮嚀說：「娘娘怕你日日在外嬉遊，會耽誤了功課，如今叫你和姐妹們在園裡讀書，你可要好好用心，再不安分守常，你可小心點！出去吧。」

寶玉連連答應了，慢慢退出去，一溜煙跑了。回到賈母身邊，回明原委，見黛玉也在那兒，就問她：「妳想住哪一間？」黛玉心中正盤算此事，寶玉這麼一問，便說：「我心裡想著瀟湘館好，我愛那幾竿竹子，比別處幽靜些。」寶玉聽了，拍手笑道：「瀟湘館好，正合我的主意，我就住怡紅院，我們倆住得近，又都清幽。」

選好日子，大夥兒便搬進園裡去。寶釵住了蘅蕪院，迎春住了綴錦樓，探春住了秋掩書齋，惜春住了蓼風軒，李紈住了稻香村，黛玉住了瀟湘館，寶玉住了怡紅院。除了每個人原本的奶娘親隨丫頭外，每一處加派兩個老嬤嬤、四個丫鬟，另有專門收拾打掃的，園內馬上紛紛鬧鬧，不像從前那樣蕭條寂寞了。

寶玉自從住進大觀園，心滿意足，再也沒有任何貪求了，每日和姐妹、丫鬟們，讀書、寫字、彈琴、

下棋、作畫吟詩，甚至做一些刺繡、鬥草、摘花、低吟悄唱、玩拆字遊戲，十分快樂。

第八回 姐妹們又解語 又嬌嗔

　　為了貴妃省親這件大事，榮寧二府大半年來用盡心力，其中鳳姐事多任重，別人還可以偷閒閃躲，只有她是沒辦法休息的，加上她個性好強，一定要把事情辦得盡善盡美，就算已經快支持不住了，卻還是勉力而為，裝得像沒事的人一樣。

　　另一個真的沒事的人就是寶玉，偏偏這一早，襲人的母親親自來向賈母稟告，把襲人接回去喝茶，晚上才會回來。因此，寶玉閒得發慌，只能和丫頭們擲骰子下圍棋。傍晚襲人回來，說起她的姪女：「她是我姨父、姨母的心肝寶貝，如今十七歲，各樣的嫁妝都備齊，明年就要出嫁了。」寶玉聽到「出嫁」兩個字，正不自在，又聽襲人嘆氣說：「我來府裡這幾年，姐妹們難得能聚在一起，如今我要回去了，她們卻都要離開了。」

　　寶玉聽這話裡有文章，不覺吃了一驚，問：「難道

妳要回去了嗎？」

襲人說：「我今兒聽見我媽和哥哥商議，要我再等一年，明年他們就贖我出去。」

「為什麼要贖妳呢？」寶玉急了。

襲人說：「奇怪，我又不是你們家的人，就算是在宮裡也有一定的規矩，有的幾年一選，有的幾年一放，沒有長遠留下人的道理，何況是你們家。」

寶玉想一想，果然有理，又說：「要是老太太不讓妳走呢？」

襲人說：「為什麼不放我走，如果說我是最難得的，或者感動了老太太，多給家裡幾兩銀子，是有可能留下我來。不過，我只是最平常的，比我強的人多了。我從小跟著老太太，又服侍了你幾年，如今也差不多該走了，說不定老太太連贖身的錢也不要呢。若說因為我把你伺候得好，就不放我出去，也沒道理。就算我出去了，依舊會有好的人來，又不是非我不成。」

寶玉聽她說了這一長串話，竟是有離開的道理，無留下來的道理，心裡更急了，賭氣說：「妳說來說去，是走定了，沒想到妳

這樣薄情寡義！」說完，便上床睡了。

其實襲人是賣斷的契約，終身不能贖回的，襲人的母親和哥哥仗著賈府是慈善寬厚的人家，不過求一求試試，況且襲人心中其實是打定主意不回去的。只是襲人自幼見寶玉性格異常，不但淘氣又固執，而且有一些千奇百怪的毛病，像是愛吃女人的胭脂*等，近來仗著祖母寵愛，父母也沒辦法嚴格管束，因此更是放縱任性，不務正業。襲人一心想要規勸，又怕寶玉聽不進去，今日剛巧有贖身的話題，就想藉此試探寶玉，壓壓他的氣，再立下規矩。

襲人看寶玉默默睡去，知道這番說詞對他起了作用，就上床去推推他。只見他淚痕滿面，襲人便笑說：「這有什麼好哭的，你要是留我，我自然不肯離去了。」寶玉聽見這話頭有點鬆動了，就說：「妳倒說說，我要怎麼留妳？」

襲人說：「你如果想留我，就答應我說的三件事，你如果真的做到了，那就是你真心留我，就算刀擱在我脖子上，我也不出去。」

寶玉一聽事情有轉機，連忙發誓：「好姐姐，妳說，

---

*胭脂：紅色系列的化妝用品。古代婦女的胭脂多用花粉等物做成，食用無礙。

別說兩、三件，兩、三百件我也答應，只求妳們不要離開我，等到我有一日化成一股輕煙，風吹了就散的時候，那時妳們愛去哪就去哪。」

寶玉一陣胡說，急得襲人忙摀住他的嘴，說：「別說了，我正想勸你這個，這是頭一件要改的事情，別性子一起就胡說瞎說。」

「好，改了，我要再說，妳就捏我的嘴巴！還有什麼？」

「第二件，你是真愛讀書也好，假愛也罷，只求你在老爺面前，做出個愛讀書的樣子來，讓老爺少生點氣。還有一件更要緊的事：以後再也不許弄花兒弄粉兒，偷著吃人嘴上擦的胭脂。」

「都改，都改，還有什麼，快說吧。」

「沒有了，只是你個性要收斂一點，不要恣意任性就是了。你若真的都能做到，拿八人轎子也抬我不出去。」

寶玉連連保證，兩人直說到三更天才睡。

午飯後，寶玉去找黛玉。黛玉正在床上午睡，丫

鬟們都不在旁邊，滿屋子靜悄悄的，寶玉進入房間裡面，見黛玉睡著，連忙走過來推醒她，說：「好妹妹，才剛吃完飯，又睡覺！」黛玉見是寶玉，便說：「我昨夜沒睡好，休息一下，你先去別的地方鬧會兒再來。」寶玉說：「我去哪兒呢？見了別人就覺得很膩。」黛玉聽了，嗤的一聲笑，說：「你既要待在這兒，就去那邊老老實實的坐著。」

寶玉哪能老老實實坐著，他挨擠到黛玉身旁，二人對著臉躺下。

黛玉一睜開眼，看見寶玉左邊腮幫子上有一塊鈕扣大小的血跡，便湊近寶玉，用手撫察細看，問：「這又是誰的指甲劃破了？」寶玉側身，一面躲，一面笑：「不是劃的，只怕是剛才替她們沾胭脂的時候濺上了一點。」黛玉用絹子幫他擦了，小聲的說：「你別老是做這些事，就算舅舅沒看見，別人看見了，又當新鮮事去亂說，傳到舅舅耳朵裡，大家又沒辦法清淨了。」

這些話寶玉一個字也沒聽進去，只注意到一股幽香從黛玉袖中發出，聞了讓人全身酥軟，於是將黛玉的衣袖拉住，想看看是藏了什麼這麼香。黛玉笑說：「沒帶什麼香，應該是櫃子裡的香氣沾上了衣服吧！」寶玉搖搖頭，說：「這香的氣味特別，不是那些一般香

袋的香。」黛玉冷笑說:「難道有什麼真人給了我奇香不成?就算有奇香,也沒有家人可以幫我做成香料。我有的不過是俗香。」寶玉笑說:「我說一句,妳就要扯上這些。今天可不饒妳了!」說著,翻起身,呵了呵兩手,便在黛玉胳肢窩下亂搔。黛玉笑得喘不過氣來,假裝生氣說:「再鬧,我就惱了。」寶玉這才收手,問道:「妳還說不說這些?」黛玉笑說:「不說了!」一邊整理頭髮,又問:「我有『奇香』,你有『暖香』沒有?」

寶玉一時聽不懂,問:「什麼暖香?」黛玉嘆了一口氣,說:「蠢才,你有『玉』,人家就有『金』來配你;人家有『冷香』,你就沒有『暖香』去配她?」寶玉這才聽出來黛玉又扯到寶釵來,又是一陣亂搔,直到黛玉求饒,才又躺下。寶玉不想黛玉睡出病來,於是有一搭沒一搭的說些閒話,又拿笑話來哄她,兩人笑語綿綿,情話款款。

過幾天,寶玉在寶釵那裡玩耍,忽然有人報告:「史大姑娘來了。」兩人一聽史湘雲來了,開心的一起往賈母上房去,只見史湘雲大說大笑,兩人連忙上前和她問好相見。

紅樓夢

原來這史湘雲是賈母的姪孫女，從小父母雙亡，由叔父嬸母撫養長大，但嬸母待她並不好。湘雲個性爽朗，賈母很喜歡，便常接來府裡長住。黛玉沒來之前，湘雲也曾在府裡住了幾年，和寶玉同住同吃同睡，感情很好。她一來，賈母非常開心，連忙叫人把寶玉找來。

正好黛玉也在賈母這裡，見寶玉、寶釵同來，心裡不自在，便問寶玉：「你從哪裡來的？」

寶玉說：「從寶姐姐家來。」

黛玉冷笑說：「我說呢，一定是在哪兒絆住了，不然早就飛過來了。」

「難道我只能和妳玩，替妳解悶兒不成？我不過是偶爾去寶姐姐那裡，妳就說這些話。」

這話正好說到黛玉心裡最在意的事情，黛玉冷哼一聲：「你去不去，關我什麼事？我又沒叫你來替我解悶兒，最好從此以後都不理我。」說完，便賭氣回房。

寶玉忙跟著安慰她：「好好的，生什麼氣？就算我說錯話了，妳也該留下來和人說說話啊。」

「你管我呢！」

寶玉說：「我當然不敢管妳，只是妳何必這樣氣壞身體？」

黛玉說：「我氣壞身體，死活是我自己的事，跟你何干？」

「我關心妳啊，沒事說什麼死了活了的。」

「我偏要說死！我現在就死，你怕死？祝你長命百歲！」

這下寶玉也生氣了，說：「要這麼鬧，不如死了乾淨！」

正說著，寶釵走進來，對寶玉說：「史大妹子等著你呢。」便推著他走了。黛玉越想越氣，對著窗前淚流不停。

過沒多久，寶玉又到黛玉房裡，正想用各種溫柔真誠的話語來安慰她，不料還未張口，黛玉便罵：「你又來做什麼！別管我死活，反正現在有別人會跟你玩。那個人比我會念、會作、又會寫、又會說笑、又怕你生氣，把你拉過去哄你，你又來我這兒做什麼？」原來是寶釵一番好意，見兩人離開好一陣子，便來瞧瞧，見寶玉動氣，只怕沒有安慰到黛玉，反惹得她更傷心，才把寶玉推走，沒想到卻是火上加油。

寶玉一聽，知道黛玉心裡想什麼，忙上前悄悄的說：「妳這麼聰明，難道不知道親疏有別嗎？我雖糊塗，

卻明白這個道理，我們倆是姑舅姐妹，寶姐姐是姨姐妹，論親戚，她比妳疏，而且妳先來，我們倆一桌吃、一床睡，從小一塊兒長大，我怎會為了她疏遠了妳呢！」

黛玉聽了這話，心裡頭甜滋滋的，不過依然口是心非的說：「我哪裡叫你疏遠她，我為的是我的心。」寶玉又說：「我也是為我的心啊！難道妳的心就只知道妳的心，不知我的心不成？」黛玉聽了，心頭鬆動了，嘴上卻還不承認，低頭不語。

這時只見湘雲走來笑道：「愛哥哥，林姐姐，你們天天一起玩，我好不容易來了，你們還躲在一塊兒，也不理我。」

黛玉笑說：「連『二哥哥』都叫不出來，只是『愛』哥哥、『愛』哥哥的。」湘雲說：「林姐姐老愛挑人毛病，就算妳比人強，也不用見一個取笑一個。有個人，妳若能挑她毛病，我就服妳。」黛玉問是誰，湘雲說：「妳若挑得出寶姐姐的缺點，我就佩服妳。」黛玉冷笑道：「我以為是誰，原來是她。我哪敢挑她毛病？」寶玉好不容易才把黛玉安撫好，眼見這話又要挑起事端，連忙把話題轉開。湘雲看寶玉緊張的模

樣，笑著對黛玉說：「這輩子，我當然比不上妳。只求上天保佑明天出現一個林姐夫，妳可就要整天聽人家『愛呀二』的叫個不停！」說完轉身跑了。湘雲這話豈不是把她和寶玉配成對？攪得黛玉羞也不是，氣也不是，追出房要打湘雲。寶玉擋住房門攔著黛玉，勸說：「小心別絆倒了！」

湘雲見狀，猜想黛玉出不了房門，便停住腳步，笑著說：「好姐姐，饒了我這一回吧。」剛好寶釵來到湘雲背後，也笑說：「妳們兩個看在寶兄弟面子上，都算了吧。」

黛玉說：「我才不要，你們都串通起來戲弄我。」

寶玉勸她：「算了吧，誰敢戲弄妳，要不是妳先取笑她，她怎麼敢說妳？」四人鬧得難分難解，直到丫鬟請大家去吃飯，才結束了這一場嬉戲。

當晚寶玉送湘雲往黛玉房中休息，已經是二更天了，襲人來催了好幾次，寶玉才回房。

早上天才微微亮時，寶玉就披衣往黛玉房中走去。

只見黛玉、湘雲還窩在被子裡，那黛玉牢牢裹著一床紅綾被，安穩合目而睡；那湘雲則是頭髮披散在枕頭上，桃紅綢被齊胸蓋著，那一彎雪白手臂露在棉

被外。寶玉見了，輕輕幫湘雲蓋上被子。

其實，黛玉早醒了，覺得有人，就猜是寶玉，翻身一看，果然是他，便問：「你這麼早跑過來做什麼？」寶玉說：「哪還早啊！該起來了！」黛玉起來，又把湘雲叫醒，兩人起床穿衣梳洗。寶玉懶得回房，就直接用黛玉她們用過的殘水胡亂洗了。

寶玉梳洗完，見湘雲梳好頭，便走過來，對湘雲說：「好妹妹，還記得從前妳怎麼替我梳頭的嗎？幫我梳梳吧。」湘雲說：「這可不行，我已經忘了怎麼梳了。」拗不過寶玉一直拜託，湘雲只得扶過他的頭一一梳整齊。寶玉坐在鏡臺邊，不覺順手拿起一盒胭脂，就要往口邊送，又怕被湘雲念，還在猶豫，湘雲便伸出手來，「啪」一聲將胭脂打落，說：「你這不正經的毛病，什麼時候才改得掉啊！」

話還沒說完，就看到襲人走進來了。襲人看寶玉的樣子，就知道寶玉梳洗過了，只好回房自己梳洗，邊走邊嘆氣的說：「姐妹們和氣，也要有個分寸，哪有這樣沒日沒夜鬧的！不管人家怎麼勸，都是耳邊風。」

一會兒寶玉回來，見襲人板著一張臉，笑著說：「怎麼又生氣了呢？」襲人冷笑說：「我哪裡敢生氣？反正現在有別人服侍你，再用不著我了，我還是回去

服侍老太太吧。」說完，便賭氣不理寶玉。寶玉趕緊過來安慰和懇求，但襲人就是不理他。寶玉自覺沒趣，索性也不理人，自己睡覺去。

　　這一整天，寶玉不出房門，只悶悶的拿書打發時間，或是練習寫字。用過晚飯之後，寶玉看著屋內冷清清的，不像往日有襲人等大家說笑，他一人獨自對著燈，非常沒有興致，想要把丫鬟們都趕出去，又怕她們發現規勸有效，往後更常來勸；若要端出做主子的模樣唬她們，似乎又太無情。乾脆心一橫，只當她們都不在了，自己過自己的，毫無牽掛，反而怡然自得。於是看了一回南華經，心中很有感覺，提筆寫了一段心得，寫完之後，擲筆就寢，一夜好眠。天亮醒來，翻身時看見襲人沒有換睡衣就睡在被子上。寶玉早將昨日的事忘得一乾二淨，就來推推襲人說：「快起來好好睡，小心感冒了。」

　　襲人見他沒日沒夜和姐妹們打打鬧鬧，又勸不聽，左思右想不知如何是好，害得自己一夜沒睡好，現在寶玉來哄她，乾脆不理他。寶玉看到襲人這樣，拉著她的手問：「妳怎麼啦？」襲人沒好氣的說：「不怎麼樣。你醒了，快點過去那邊梳洗，遲了就來不及向老

紅樓夢

祖宗請安了。」寶玉一聽，笑著說：「妳還記得昨天的事啊！」

襲人說：「就算過了一百年都還記得呢！不像你把我的話當耳邊風，夜裡說了，早上起來就忘了。」

寶玉聽完，向枕邊拿起一根玉簪來，折成兩段，賭誓說道：「我要是再不聽妳的話，就和這簪子一樣。」

襲人忙拾起簪子，說：「大清早的，何必這樣呢？不聽又沒有關係！」

寶玉說：「妳哪裡知道我心裡有多著急。」

襲人笑著說：「你也知道著急嗎？你可知我心裡是怎麼想的？」說完，兩人才起來梳洗，往上房去向賈母請安。

過幾天，便是寶釵生日。鳳姐知道賈母喜歡寶釵，又吩咐要幫寶釵過生日，心裡便決定要辦得熱鬧些，便依先前幫黛玉過生日的標準再多加了一些。在內院搭了小巧戲臺，又訂了一班新出的小戲，就在賈母上房擺了幾席家宴酒席，只有薛姨媽、寶釵、史湘雲是客，其他都是自己

人。

這天一早，寶玉沒看見黛玉，就到她房中來找她，只見黛玉斜躺在炕上。寶玉去逗她：「快起來吃飯，就要開戲了！妳愛看哪一齣？我來點。」

黛玉冷笑著說：「你既然有心，就特地叫一班戲，挑我愛聽的唱給我聽。不要趁現在借別人的光問我！」

寶玉知道黛玉是為了寶釵過生日比她的熱鬧在生悶氣，於是哄她說：「這有什麼難的，明天我就叫一班子，也叫他們借我們的光。」一面說，一面拉她起來，兩人攜手出去吃飯。

到了開戲的時間，賈母叫寶釵先點戲目，寶釵推讓了一番，不得已，只好先點了「西遊記」，賈母很喜歡。接著眾人依序一一點了戲，一齣一齣搬演。直到上酒席時，賈母又叫寶釵點。寶釵知道賈母喜歡熱鬧，又點了一齣「魯智深醉鬧五臺山」。賈母見她這麼貼心，對她的喜愛又添了幾分。

散戲時，賈母很喜歡那唱戲的小旦和小丑，叫人帶他們進

來，近看時，更覺得他們楚楚動人。賈母叫人拿些肉果給他們，又賞了兩吊錢。鳳姐看著那小旦，笑著說：「這個孩子長得活像一個人，你們看出來了嗎？」寶釵心裡知道，但點頭不說；寶玉點點頭，也不敢說。只有直爽性子的湘雲接口說道：「我知道，像林姐姐的模樣。」寶玉聽了，忙向湘雲使個眼色，要她不要繼續說下去。眾人聽了湘雲的話，留神細看，都笑起來，說：「果然很像。」眾人說說笑笑，也就散了，各自回房。

一回到房間，湘雲就叫隨身丫頭翠縷收拾行李。翠縷說：「那麼急？要走那天再收也來得及。」

湘雲說：「本要走的，是老太太特地留我下來，等過了寶姐姐生日再走。現在既然已經過了，還留在這裡看人家臉色做什麼！」

寶玉追來，剛巧聽到這話，忙來拉著湘雲說：「好妹妹，妳錯怪我了。那林妹妹是個多心的人，別人分明知道，忍著不說，是怕她生氣。誰知妳不小心就說出來了，我怕妳得罪人，才向妳使眼色。妳現在對我生氣，豈不是枉費我一番心意？要是別人，我管他得罪多少人。」

湘雲摔開他的手說：「你那些花言巧語別對著我

說，去說給那些小心眼的人聽去！別人取笑她都沒關係，我說了就不行。」接著酸溜溜的說：「我本不該和她說話，她是大小姐，我是奴才、丫鬟，得罪了她。」說完，氣忿忿在床上躺著，不理寶玉。

寶玉百般安慰，卻得不到回應，只能來找黛玉。誰知黛玉也沒好氣，寶玉不知道是什麼原因，開口詢問：「好妹妹，怎麼好好的就生氣呢？」

「問得好。我是生來讓你們取笑的嗎？把我當戲子讓眾人取笑！」

「我又沒笑妳，也沒把妳當戲子，幹嘛生我的氣？」

黛玉說：「好，這就算了。但是你為什麼跟湘雲使眼色？這安的什麼心？她是公侯小姐，我是民家丫頭，她開我玩笑，假如我回了嘴，她豈不是自找麻煩？你心裡是這麼想的吧！可惜人家不領情，一樣惱了你，你卻又拿我開心，說我想太多，天生愛生氣。我惱她，跟你何干？她得罪我，又與你何干？」

寶玉聽了，知道他和湘雲的談話，黛玉也聽見了。心想自己原本是怕她們二人不和，所以想幫她們和好，不料兩面不討好，越想越無趣，也不多解釋什麼，轉身回房去了。黛玉見他一語不發，賭氣而去，生氣的說：「去吧，去吧！

一輩子都別來了，也別跟我說話！」黛玉嘴巴上雖然這般逞強，卻暗暗流了一夜的淚。

　　小朋友間互相吵架、開玩笑，哪有長久的，過沒多久大夥兒又玩在一塊了。湘雲又留了幾天才回去，大家十分不捨，臨走前還交待她一定要再來玩。

第九回　儂今葬花人笑痴

　　湘雲走了，寶玉又像往日一樣，整天在姐妹堆裡打滾，園中那些女孩子正是天真爛漫之時，沒有想到男女有別，倒惹得寶玉不自在起來。

　　那寶玉正當青春，精力旺盛，想出去鬼混，心口卻又冷冰冰提不起勁，便懶在園裡，沒有什麼精神。寶玉的書僮茗烟見他這樣，想找東西逗他開心，左思右想，都是寶玉玩膩的，只有一件是寶玉不曾見過的。於是，他到市街書坊，買了許多古今小說，還有那趙飛燕、楊玉環、武則天的外傳要給寶玉。寶玉看到這些書，如得珍寶，小心翼翼的藏進懷中。茗烟又再三叮嚀說：「千萬不可拿進園裡去，如果被人看見了，我可就『吃不完兜著走』了。」寶玉也知道要是被人發現這些不正經的小說，他也不會好過到哪裡去，可是這麼有趣的書怎麼捨得不拿進去？再三猶豫，只好挑了幾套較文雅的，藏在床頂，其餘粗俗的都放在外面書房。

那天正是三月中，<u>寶玉</u>帶了一套<u>會真記</u>，走到橋邊桃樹下一塊石上坐著，打開書來看，沉浸在<u>張生</u>與<u>崔鶯鶯</u>談情說愛的情境中，忽然一陣風過，吹得桃花瓣繽紛落下，落得滿身、滿書、滿地都是花片。<u>寶玉</u>正要將身上的桃花瓣抖下來，又不想踐踏花瓣，便收攏了起來，來到池邊，抖在池內。回來看到地下還有許多花瓣，正猶豫著，只聽背後有人說話：「你在這裡做什麼？」<u>寶玉</u>回頭一看，見是<u>黛玉</u>肩上擔著花鋤，花鋤上掛著絹袋，手上拿著花帚。<u>寶玉</u>看<u>黛玉</u>和他有一樣的心思，高興的拍手笑說：「太好了，把這些花瓣兒都掃起來，放到水裡吧。」<u>黛玉</u>搖搖頭，說：「放到水裡不好。你看這裡水乾淨，但是一流出去，怎麼知道別人家的水裡有沒有什麼髒東西？這不是一樣把花糟蹋了嗎？那邊角上，我有一個花塚。不如把這些花片掃了，收在這絹袋裡，埋在那兒，日久隨土化了，豈不乾淨？」

<u>寶玉</u>一聽，葬花這事多麼新鮮有趣，便說：「等我把書放下，我來幫妳收拾。」<u>黛玉</u>問道：「什麼書？」<u>寶玉</u>急忙將書往懷裡藏，瞞著<u>黛玉</u>說：「不過是<u>中庸</u>、<u>大學</u>。」<u>黛玉</u>不信，<u>寶玉</u>只能一面把書遞了過去，一面解釋說：「妹妹，我是不怕妳看，不過妳可千萬別告

訴別人。其實，這些都是真正的好文章，看了保證妳廢寢忘食。」

黛玉把花具放下，接過書來，從頭看起。一看之下欲罷不能，一頓飯的功夫，便把會真記十六齣都看完了，只覺得詞句警人，餘香滿口。黛玉說：「果然有趣。」

寶玉見黛玉陶醉，一時忘形，順口說：「我就是個『多愁多病的身』，妳就是那『傾國傾城的貌』！」黛玉一聽，寶玉竟把自己比喻成張生，而把她比喻成崔鶯鶯，不知不覺就臉紅了，卻假裝生氣的皺著眉頭，指著寶玉說：「你這該死的，好好兒的弄出這些淫詞豔曲來，說這些無恥的話來欺負我！我告訴舅舅、舅母去。」說到「欺負」二字，更覺委屈，眼圈一紅，轉身就走。

寶玉嚇得連忙向前攔住，發誓說：「好妹妹，饒了我這一回吧，我說錯話了，不過絕對不是存心欺負妳，若有此意，就讓我掉在池子裡，變成一個大烏龜，等妳哪天做了一品夫人病老歸西時，我幫妳馱一輩子的墓碑。」

這誓言說得黛玉噗嗤一聲笑了，一面拭淚，一面笑說：「到這個節骨眼兒，你還胡說！」

二人邊說笑，邊收拾落花。正掩埋妥當，只見襲人走來，跟寶玉說：「大老爺身體不太舒服，姑娘們都去請安了，老太太叫你過去呢。」寶玉一聽，趕緊和襲人回房換衣服。

黛玉見寶玉走了，聽見眾姐妹也不在房裡，自己悶悶的，便要回房，剛走到一處院落，只聽見裡頭笛韻悠揚，歌聲婉轉。黛玉知道是賈妃省親時買進府裡唱戲的那些女孩，此時正在練習戲文。她雖沒有留心細聽，偶然兩句歌聲吹到耳裡，那歌詞好像句句都說到她心坎裡，十分感慨纏綿，便停下來側耳傾聽。又聽唱著：「良辰美景奈何天，賞心樂事誰家院？」聽了這兩句，不覺點頭自嘆：「原來戲裡面也有好文章，可惜世人只知道看戲，未必能領略其中趣味。」再聽時，剛好唱到：「只為你如花美眷，似水流年。」又有「你在幽閨自憐」等詞句，更加如癡如醉，一時之間站立不住，便往山石上一坐，細嚼「如花美眷，似水流年」八個字的滋味。又想起日前所見古人詩句中有「水流花謝兩無情」的句子，剛才看的會真記中也有「花落水流紅，閒

愁萬種」的詞句，當下千頭萬緒湧上心頭，心神迷亂，眼淚不覺滾落下來。黛玉再也聽不下任何一句歌，搖搖晃晃的走回瀟湘館。

寶玉見完賈政回來後，好幾天都意興闌珊的。這天襲人見他又斜躺在床上，不想讓他整天睡懶覺，便走上前把他拉了起來，說：「你若心裡煩悶，出去逛逛不好嗎？」

寶玉無精打采，只能聽她的話，晃出房門，在迴廊上逗弄了一回雀兒，順路走到瀟湘館。寶玉信步走入，院內卻悄無人聲，走到窗前，忽然聽到細細的一聲長嘆：「每日裡，情思睡昏昏！」

寶玉聽了，不禁心思一動，他在窗外笑道：「為什麼每日都情思睡昏昏啊？」一面說，一面掀簾子進來。

黛玉不禁羞紅了臉，索性翻身向裡裝睡，直到寶玉走上來要扳她的身子，才起來坐在床邊，一面整理頭髮，一面對寶玉說：「人家睡覺，你來做什麼？」

寶玉看她雙眼微睜，雙頰紅潤，一時之間看傻了眼，不小心倒在旁邊的椅子上，笑說：「妳剛才說什麼？」

黛玉辯稱：「沒說什麼。」

寶玉笑道：「還說沒有，我都聽見了！」

正說著，紫鵑進來，見寶玉來了，便去泡茶。寶玉微笑點頭說：「好丫頭，『若共妳多情小姐同鴛帳，怎捨得叫妳疊被鋪床？』」

黛玉一聽，寶玉豈不是把紫鵑比作紅娘？還不害臊的亂說什麼「同鴛帳」的混話，立刻板起臉來，說：「二哥哥，你說什麼？」

寶玉還不知道該結束話題，笑著說：「我哪有說什麼？」

黛玉急得哭了起來，抽抽噎噎的說：「現在流行這個是嗎？看了不正經的書，便取笑我，我成了替爺們解悶的了！」一面哭，一面往外走。

寶玉知道自己闖了禍，卻不知要如何收拾，心裡一下子慌了，趕忙跟在黛玉後面說：「好妹妹，是我該死，我亂說話。妳千萬別去告狀，我以後再也不說這些。若再說，我就嘴上長瘡，舌頭爛掉。」話還沒說完，就看到襲人過來找寶玉：「老爺叫你，快回去換衣服吧。」寶玉一聽，就像被雷打中一樣，也顧不得別的，急忙回去。黛玉少不了又哭了很久。

寶玉去了一整天，襲人正擔心他這一去不知是福是禍，就看到寶玉醉醺醺的回來。問他原因，才知道原來是薛蟠生日要到了，有人送了暹邏國進貢的奇珍

異果給他，他留了一些要和寶玉一起享用，於是假傳賈政「聖旨」把寶玉騙去，在他那兒喝了一整天的酒。

襲人聽了責備寶玉：「我牽腸掛肚的在這裡等你，你居然自己玩樂去！」

說到一半，屋外忽然傳出晴雯和碧痕的拌嘴聲，馬上又有人敲門，接著便聽到晴雯不高興的說：「有事沒事跑來這裡，讓我們三更半夜沒辦法睡覺！」

才剛說完，就看到寶釵進來，也不生氣，反而滿臉笑意，和寶玉、襲人說著閒話。

黛玉見寶玉被賈政叫去了一整天，心中也替他憂慮，晚飯過後，聽說寶玉回來了，便一步步往怡紅院走來。黛玉遠遠看見寶釵進了院子，等到自己走到怡紅院，門卻已經關了……

黛玉敲門，誰知晴雯聽見又有人敲門，更生氣了，也不問來的人是誰，就說：「都睡了，明天再來吧。」

黛玉想，也許是院內的丫頭沒聽出她的聲音，以為是別的丫頭來了，所以不開門，因此高聲叫門：「是我，還不開門嗎？」

偏偏晴雯還是沒聽出是黛玉，使性子說：「憑妳是

誰！二爺吩咐一概不許放人進來！」

黛玉聽見這些話，氣得愣在門外，本想大聲問她是誰，竟然如此大膽。回頭一想，又覺得自己到底是外客，如今父母雙亡，無依無靠，在這裡不過是寄人籬下，如果認真嘔氣，也是自討沒趣。一面想，一面滾下淚珠來。又聽見屋內寶玉和寶釵一陣笑語之聲，心中更動了氣。她忽然想起早上的事，心想：「一定是寶玉以為我去告他狀，所以氣我，不讓我進去。我哪裡真的去告狀了？也不先打聽打聽，就惱我到這步田地！今天不讓我進來，難道明天就不用見面了？」黛玉越想越傷心，便也不顧夜涼風寒，就在這牆角邊，獨自悲傷的嗚咽起來。

正當黛玉一個人傷心難過的時候，忽然聽見院門聲響，原來是寶玉、襲人一群人送寶釵出來。黛玉想上前質問寶玉，又怕當著眾人的面，會讓寶玉沒面子，因此閃在一旁。一直到寶釵走了，寶玉等人進了門，都沒人注意到角落那淒涼的身影。

黛玉對著門又掉了幾行清淚，才轉身回房，無精打采的卸了殘妝，倚著床欄，兩手抱膝，眼睛含淚，就像泥塑木雕一般，動也不動。

紫鵑、雪雁知道黛玉常常悶悶的坐著，不是愁眉，

就是長嘆，還會沒來由的淚流不止。先前以為她思念父母、想念家鄉或受了委屈，還出言安慰她；誰知後來她竟長年如此，久而久之也就習慣了。所以今夜黛玉又是這樣，兩人便不大理會，任由她悶坐。那一夜，黛玉輾轉難眠。

第二天便是二十四節氣之一的芒種節。芒種一過就是夏天，花神退位，百花都謝了，所以依照風俗，要擺設各種禮物祭餞花神。還沒出嫁的女孩尤其喜歡這個風俗，所以大觀園中的人一大早就都起來了，在樹頭、花枝上繫滿了綾羅紗錦，滿園繡帶飄搖，五彩繽紛，女孩們打扮得花枝招展，嬌美更勝桃花、杏花。

黛玉因前夜失眠，比較晚起，聽說眾姐妹都在園中做餞花會，怕人笑她懶惰，連忙梳洗，正準備要出門，就見寶玉進來，笑著說：「好妹妹，妳昨天有沒有去告狀啊？害我懸了一夜的心。」

黛玉故意對他視而不見，只吩咐紫鵑收拾屋子，就自顧自的往外走。

寶玉心中納悶，看黛玉的樣子，不像是為了昨天鬧她的事在生氣，又想不出是為了什麼。想了一想，乾脆等黛玉氣頭過了再去找她，於是走出瀟湘館，找

其他姐妹去了。寶玉來到一棵石榴樹下，低頭看見許多落花，感嘆的說：「林妹妹心裡生氣，沒心情收拾這花兒，還是我幫她埋了吧。」說著，便把那些落花收攏起來，往那日黛玉葬花之處走去。眼見轉過山坡便是花塚了，寶玉卻聽見山坡那邊，傳來嗚咽的聲音，接著又聽見一陣低吟，再仔細一聽，原來是黛玉。寶玉停下腳步聽著：

儂今葬花人笑痴，他年葬儂知是誰？
一朝春盡紅顏老，花落人亡兩不知！

聽到這兒，寶玉想到黛玉的花容月貌，將來也會老去消逝，還有寶釵、襲人等人也是如此，那自己又將會在什麼地方呢？自己都不知將何在、何往，那將來這地方、這園子、這些花、這些樹，又不知是誰的呀！如此反覆推求下去，寶玉萬念俱灰，哀傷的倒在山坡上。

原來，黛玉因為晴雯不開門的事情，把罪怪在寶玉身上，隔天又正好碰到餞花的日子，心中堆滿了莫名的心事，無處發洩，於是收集了一些殘花去掩埋，忍不住就感花傷己，邊葬花邊為生命的流逝感到哀傷，

隨口吟了幾句。誰知寶玉此時正好要轉過山坡來，聽見了黛玉的低吟。黛玉忽然聽到哭聲，過去一看，居然是寶玉，便說：「我當是誰，原來是這個狠心短命的——」剛說到「短命」二字，又把口掩住，長嘆一聲，轉身便走。

寶玉悲慟了一回，見黛玉躲開他，自己也覺得沒趣，只好回怡紅院去。正巧看見黛玉走在前頭，便追上去說：「我知道妳不理我，我只說一句話。」

黛玉聽他說「只說一句」，便停住腳步。寶玉見黛玉心意像是有些回轉，笑說：「要是說兩句話，妳聽不聽呢？」

黛玉聽了是這句無賴話，回頭就走。寶玉在身後嘆著：「早知今日，何必當初？」

黛玉聽見這兩句話，忍不住又停下來，回頭說：「當初怎麼樣？今日又怎麼樣？」

寶玉說：「當初妳來，不是我陪著妳到處玩耍的嗎？我再心愛的東西，妹妹要，就讓妳拿去；我愛吃的，知道妳也愛吃，就連忙收著，等妳來享用。我們一個桌子上吃飯，一個床上睡覺。我心裡想著，姐

紅樓夢

妹兒從小一塊長大，親也罷，熱也罷，總是和別人不一樣。誰知妳一下子三天不理我，一下子又四天不跟我見面的，我又沒有親兄弟、親妹妹，只把妳當最親的人，誰知道我是一個人自作多情！」說著，不覺哭了起來。

黛玉聽了這些話，想起過去和寶玉相處的情形，知道自己和這冤家是牽扯不完的，不想理他，又不能不理他，便也滴下淚來，低頭不語。

寶玉又說：「我知道我不好，但不管我再怎麼胡來，絕不敢在妳面前做錯什麼事情，就算有一、二個做錯的地方，妳告訴我，罵我幾句，打我幾下，都好，可是妳總是不理我，讓我不知道妳在想什麼，失魂落魄的，不知怎麼樣才好！」

黛玉聽到這樣發自內心的話語，昨晚的不開心早忘到九霄雲外，便說：「既然這樣，為什麼我去，你叫丫鬟不要開門呢？」

寶玉詫異的問：「這話怎麼說？我要是這樣，立刻天打雷劈！」黛玉呸一聲說：「沒有就沒有，發什麼誓，想必是丫頭們懶得動，故意不開門。」

「一定是這個緣故，等我去問清楚，教訓教訓她們。」

「你那些姑娘是該教訓教訓，不然今天得罪我事小，哪天若是得罪『寶姑娘』、『貝姑娘』，事情豈不嚴重了。」

　　寶玉聽了又是咬牙，又是笑。一場葬花、葬儂，惹起天大的傷春悲秋之事，就這麼煙消雲散了。

第十回　不是冤家不聚頭

　　太平無事，眼看端午佳節又快到了，賈貴妃派太監送了禮物到賈府，又在清虛觀布施作法會和作戲酬神。五月初一，賈母帶了大夥去清虛觀看戲，觀裡的張道士和賈府熟識，便趁機幫寶玉提親。雖然賈母推託說寶玉命裡不該早娶，不過這件事在寶玉、寶釵、黛玉等人心上都起了小小的漣漪。

　　一會兒，張道士捧來一個小盤，上面有玉玦、如意等三、五十件，作為敬賀之禮，賈母看上面有個麒麟非常眼熟，笑道：「這件東西，好像誰家孩子也有一個。」寶釵看了，說：「史大妹妹也有一個，比這個小一些。」寶玉聽見湘雲有麒麟，便把麒麟拿起來藏在懷裡，又怕有人知道他是因為湘雲有才留這件，因此，手裡拿著，眼睛卻四處瞄。眾人倒不覺得有什麼奇怪的地方，只有黛玉冷眼看著他。

　　看了一天戲，眾人下午便回府了。隔天，寶玉聽說黛玉中暑，心裡放不下，茶飯無味，一直來問她的

狀況，怕她出了什麼事。黛玉冷言冷語的說：「儘管去看戲吧。留在家裡做什麼？」寶玉因為前一天張道士提親之事，心中不太舒坦，聽見黛玉這麼說，讓他更不開心，心裡想：「別人不知道我的心就算了，連妳也嘲笑起我來了。」便忍不住沉下臉說：「我白認了妳了，算了算了！」

黛玉聽了這話，冷笑兩聲說：「你白認了我嗎？我哪像人家有什麼來配你的呢！」

寶玉一聽，心裡更氣，向前貼到黛玉面前，質問：「先前已為這件事情吵過多少架了？今天妳又衝我一句，是存心詛咒我天誅地滅？」

黛玉雖知是自己太小心眼說錯話，看寶玉生氣了，又是著急，又是羞愧，忍不住哭了起來，說道：「我要是存心咒你，我也天誅地滅！我知道，昨天張道士替你說親，老太太沒答應，你怕誤了你的好姻緣，心裡生氣，就來拿我出氣是吧？」

寶玉一聽，呆愣了一陣子，心想：「難道妳不知道我心裡只有妳？妳不能幫我解決煩惱，反拿這個話來激我，可見我心裡時時刻刻想念著妳都是白費的了，因為妳心裡根本就沒有我！」

黛玉氣自己口不擇言，見寶玉無話可說，低頭想

紅樓夢

著：「你心裡當然有我，雖然有金玉之說，你是不放在心上的。我時常提到金玉，你裝作沒聽到，可見對我情意有多深。可是為什麼這次我一提金玉，你就急了，是怕我多心，故意著急，存心哄我的嗎？你只管你就好了，你好我自然好。」想到這裡眼淚又撲簌簌直掉。

其實寶玉自小便有認定黛玉為妻的痴心，尤其和黛玉從小時候就整天相處在一起，彼此真心相對，現在逐漸懂事，又看了些閒書，凡遠親近友所接觸到的那些女子，又都不如黛玉，所以心中早存了非黛玉不娶的心事，只是不好意思說出來。而那黛玉其實也是痴心於寶玉，只因寶玉將真心真意瞞了起來，她便用假意試探，如此真真假假，免不了有口角之爭。

寶玉見黛玉只是掉淚不說話，想到她說的「好姻緣」，心裡有話卻說不出口，便賭氣摘下脖子上的通靈寶玉，咬牙狠命往地上一摔，說：「什麼東西，我砸了，就不會有這些事了！」偏偏那玉堅硬異常，摔了一下竟沒事一般，寶玉見砸不破，便轉身想找東西來砸。黛玉看到這樣的狀況，哭得更厲害，說：「要砸就砸我吧，何必砸那玉！」

兩人鬧著，雪雁、紫鵑等連忙來勸阻，

後來看見寶玉砸玉，鬧得比平常更大，趕緊去叫襲人。襲人見寶玉氣得臉黃眉眼歪的，以前從來不曾見他氣成這樣，便拉著他的手說：「你和妹妹拌嘴，也不用砸它啊？要是砸壞了，叫她心裡怎麼過意得去呢？」黛玉聽到這話說到自己心坎上了，覺得寶玉不如襲人了解她，哭得更傷心了。這一哭，心裡一氣，剛才吃的解暑湯就「哇」的一聲，全都吐出來了。

紫鵑連忙上來拿手帕接住，黛玉把整塊手帕都吐濕了。紫鵑拍著黛玉的背，勸說：「雖然生氣，姑娘也該保重，才吃了藥好些，要是又生病，寶二爺心裡怎麼過意得去呢？」寶玉聽這話說到他心坎上了，覺得黛玉不如紫鵑明白自己的心意。又見黛玉漲紅了臉，哭得一口氣喘不上來，臉上身上又是淚又是汗的，實在後悔自己不該跟她計較，這下子旁人又沒有辦法替她受苦，寶玉心疼不已，不由得滴下淚來。

襲人勉強笑著對寶玉說：「你不看在別的，就看在這玉上穿了的穗子，也不該和林姑娘拌嘴啊。」黛玉聽了，也不顧自己不舒服，就把玉搶了過去，順手抓起一把剪刀就亂剪。

黛玉哭著說：「我也是白費力氣，他又不稀罕，反正這條壞了自然有別人再替他穿好。」

襲人接了玉，說：「何必這樣？是我太多嘴了。」

寶玉對黛玉說：「妳儘管剪，反正我再也不戴它了。」

一些老婆子們見寶玉砸玉，黛玉又哭又吐的，不知道要鬧到什麼地步，便派人去稟告賈母、王夫人，以免連累她們。賈母、王夫人見她們急急忙忙趕過來報告，也不知有什麼大禍，就一起進園子來看，見寶玉和黛玉都不說話，問起來又沒什麼事，於是把襲人、紫鵑罵了一頓，再把寶玉帶了出去，這才平息了這場鬧劇。

隔天是薛蟠生日，家裡擺酒唱戲，賈府眾人都去祝賀看戲。但寶玉因為和黛玉嘔氣，心中正暗自後悔，無精打彩的，便推病不去。而黛玉不過是中暑，並無大礙，聽說寶玉不去，心裡想：「寶玉是喜歡喝酒看戲的，今天不去，一定是因為我不去。昨天不該剪斷了玉上的穗子，如果我沒幫他穿好他一定不肯再戴玉了。」因此心中十分後悔。

賈母本想今天大家都去薛家看戲，兩人見了面，自然會和

好，想不到兩人都不去，急得擦淚說道：「我這老冤家是哪一世造的孽，偏偏遇見這不懂事的小冤家，沒有一天不叫我操心的，真是俗話說的『不是冤家不聚頭』！等哪一天我斷了氣，任憑他們鬧去，我眼不見，心不煩，也就算了。」

　　這話傳到寶玉、黛玉耳裡，他二人第一次聽到「不是冤家不聚頭」這句話，好像參禪一般，都低著頭思量這句話的意思，忍不住傷心落淚。雖然不見面，但一個在瀟湘館臨風灑淚，一個在怡紅院對月長嘆。

　　襲人見寶玉這個樣子，就對他說：「再怎麼樣，都是你的不對。前天家裡的童僕和姐妹們拌嘴，你不是罵那些臭小子，不懂女孩子的心，怎麼你今天自己也這樣？明天你們要是還像仇人一樣，老太太一定會生氣了。依我看，你去道歉算了。」

　　另一邊紫鵑也看出黛玉很後悔，便勸說：「昨天的事，是姑娘太浮躁了。好好的，幹嘛剪了那穗子，我看寶二爺的心是在姑娘身上，都因姑娘愛胡思亂想，常要冤枉他，才會這樣。」

　　黛玉正想說話，只聽院外敲門聲，正是寶玉，紫鵑一面讓他進來，一面說：「我以為寶二爺再也不到我們這裡來了。」

寶玉笑著說：「我怎麼不來，我就算死了，魂也要每天來一百次。」接著問：「妹妹身子可好了？」

黛玉本來沒有哭，聽見寶玉的聲音，眼淚不由得又掉下來。寶玉靠近床沿，笑說：「我知道妳不氣我了，但我若不來，旁人看起來，以為我們還在鬥氣。若等他們來說和，我們豈不是生疏了，不然這樣，妳要打要罵都好，就是別不理我！」

黛玉心裡原想再也不理寶玉的，聽了寶玉的話知道自己在寶玉心中比別人親近，心中一股辛酸冒上來，便哭著說：「你不用哄我，從今以後，我也不敢親近二爺，你就當我去了。」

「妳去哪呢？」

「我回家去。」

「那我跟妳一起去。」

「如果我死了呢？」

「妳死了，我就去當和尚。」

黛玉一聽這話，臉色一沉，生氣的話：「你胡說什麼？你們家有這麼多個親姐姐親妹妹呢，如果都死了，你有幾個身體去當和尚？」

寶玉知話說得太魯莽，立刻漲紅臉，低著頭，不敢出聲。黛玉兩眼直直瞪著他半天，氣得說不出話來，拿手指頭狠命往他額頭上一戳，咬著牙說：「你這個——」後頭的「冤家」二字又說不出口，便嘆了一口氣，拿起手帕來擦眼淚。

寶玉上前挽了黛玉，笑說：「我的五臟都揉碎了，妳還在哭？走吧，我們去老太太面前吧。」

話沒說完，只聽見鳳姐邊嚷嚷邊走進來，說道：「好了，好了，老太太還在那指天怨地，就叫我來看你們好了沒有，我說不用看，過不了三天，他們自己就好了，果然應了我的話。你們啊——越大越像小孩子，現在拉著手哭，那昨天幹嘛又像鬥雞似的？快跟我到老太太面前吧，讓她老人家放心。」

說著，拉了黛玉就走，寶玉在後面跟著。到了賈母面前，鳳姐說：「我說他們不用人擔心，自己就會好的。老祖宗不信，一定要我去說和，我才剛到呢，人家兩個人倒在一塊兒互相賠不是，哪裡還要人去說呢！」說得滿屋子的人都笑了。

第二天中午，王夫人、寶釵、黛玉姐妹在賈母房中坐著，有人來稟告說：「史大姑娘來了。」寶釵、黛玉忙起身相迎。

賈母見湘雲穿得整齊，要她把外頭的衣裳脫了；王夫人看她大熱天穿這麼多，還取笑她。湘雲笑說：「嬸娘叫我穿的。誰願意穿這些啊！」

　　寶釵逗趣的說：「姨媽不知道，她穿衣服還更愛穿別人的呢。有一次，我看到她把寶兄弟的袍子穿上，靴子也穿上，連帶子都繫上，猛一看，就像真的寶兄弟走出來一樣，害老太太一直叫：『寶玉，你過來。』」

　　「這算什麼？前兩年正月裡下了雪，老太太剛回來，一件大紅的斗篷放在那裡，誰知道一個不注意，她就披上了，衣服又大又長不合身，她就拿了條汗巾綁在腰上，和丫頭們在院子裡撲雪人玩，一個不小心踩到衣服摔倒了，弄了一身泥。」黛玉說得活靈活現，大家想起來都笑了。

　　寶釵問湘雲的奶媽說：「周媽，妳們姑娘現在還是這麼淘氣嗎？」周奶媽也笑了。迎春笑說：「淘氣倒也罷了，我就嫌她愛說話，就連要睡覺了，還嘰哩咕嚕說個不停，笑一陣，說一陣，不知哪來那麼多話。」

　　王夫人說：「這個性也該改一改了。前幾天有人來說親，眼看就要有婆家了，可別再那麼隨性了。」

　　湘雲不答，只是不見寶玉，便問：「寶兄弟不在家嗎？」

寶釵笑說：「她別人都不想，只惦記著寶兄弟，兩人都喜歡玩耍，可見淘氣的個性還沒改。」

剛說著，寶玉來了，眾人說笑一番後，賈母向湘雲說：「喝了茶，去見見妳嫂嫂們。園子裡涼快，等會去逛逛吧。」湘雲答應，眾人也各自散了。

湘雲瞧了鳳姐，見過李紈，便往怡紅院去。路上卻看到薔薇花架下有一個金色發亮的東西，撿起來一看，竟是一個「金麒麟」，和自己身上的有一點像，一時心有所感。忽見寶玉來了，笑說：「妳站在大太陽下做什麼？」湘雲連忙將麒麟藏起來，說：「沒什麼，正要去你那兒呢。」

兩人一起進了怡紅院。寶玉對湘雲說：「我有一個好東西要給妳呢。」說著，在身上掏了半天掏不到，

急忙問襲人有沒有看見，襲人說：「你自己整天帶在身上，還問我？」

湘雲聽了，心想剛才路上撿的金麒麟一定是寶玉遺落的，於是從袖裡拿了出來，將手一張，放在桌上，笑說：「你瞧，是不是這個？」

寶玉一見，非常開心，連連點頭。湘雲笑著搖了搖頭，便拿出大紅色紋路的戒指來送給襲人。襲人說：「先前妳送給姐姐們的戒指，我也拿到了一枚，今天妳又特地送來，可見妳沒忘了我。」

湘雲問：「妳說的那枚戒指是誰給妳的？」襲人說：「是寶姑娘。」湘雲直爽的說：「我以為是林姑娘給的，原來是寶姐姐。我就說這些姐妹，沒有一個比寶姐姐好的。」寶玉一聽，說：「算了，別說這個。」湘雲有點生氣，說：「怎麼，又怕你的林妹妹聽了不舒服，怪我稱讚寶姐姐嗎？」襲人在一旁，笑說：「雲姑娘，妳越大越是心直口快了。」

正說著，有人來稟報：「興隆街的大爺來了，老爺叫二爺出去會見。」

寶玉知道是父執輩的「老學究」來了，心中便不大自在，一面穿著鞋子，一面抱怨道：「有老爺跟他坐著聊天就算了，幹嘛每次都要見我！」

湘雲笑說：「一定是你有什麼吸引他的地方，他才會一直來找你。你如今也長大了，就算不願去考舉人進士的，也該常會會這些做官的，談談那些經世濟民的道理，將來也比較知道怎麼跟別人交際往來。你整天在我們姐妹堆裡混，能混出什麼名堂！」

寶玉聽了湘雲這話，覺得很掃興，便說：「姑娘請到別的屋裡坐吧。我這裡會弄髒了像妳這樣明白事理的人。」

襲人忙來打圓場說：「姑娘快別說他。上次寶姑娘也說他一回，他不給人留面子，翻臉就走。幸好是寶姑娘，要是林姑娘，不知會鬧得怎麼樣，又哭得怎麼樣呢。這寶姑娘真是讓人敬重，妳以為她會生氣，誰知道之後她對寶二爺的態度還是一樣，真是心地寬大！這樣一位好姑娘，反倒和二爺疏遠了。那林姑娘若賭氣不理，寶二爺才不知要賠多少不是呢。」

寶玉說：「林姑娘說過這些討厭的話嗎？要是她也說這些，我早就不理她了。」

黛玉其實早就來了，剛好聽到湘雲勸寶玉要做點正經事。原來黛玉最近看了寶玉弄來的外傳野史，那

些才子佳人，都是彼此交換小巧玩物來定情，然後成就終身大事，日前寶玉得了麒麟，現在湘雲又來了，害怕兩人因此生出些風流佳事來，所以悄悄走來，在窗外見機行事。直到聽到寶玉說的話，心裡又驚又喜，卻又悲傷嘆氣。驚喜的是自己果然沒看錯寶玉，真是個知己而且寶玉竟不避嫌的在人前稱讚她；悲傷的是既然和寶玉為知己，又何必有金玉之論呢，就算有金玉，也該是二人的金玉，又何必多一個寶釵？父母早逝，和寶玉之間的感情雖然是刻骨銘心，卻無人作主。再加上近來每天都覺得神思恍惚，身體越來越虛弱，大概活不長久了……

黛玉心中一時五味雜陳，想到這裡，不禁又流下淚來，想要進去相見，又不知該說些什麼，便一面拭淚，一面轉身回去了。

寶玉急忙穿了衣服要去見客，剛好看到黛玉在前面走著，像是在擦眼淚，便追上去問：「好妹妹幹嘛又哭了，誰惹妳了？」

黛玉勉強笑著說：「好好的，哪裡哭了？」

寶玉笑說：「還說沒哭，妳看，眼角的淚珠還沒乾呢。」一面說著，一面禁不住舉起手，用衣袖要替她擦眼淚。

<u>黛玉</u>連忙向後退了幾步，生氣的說：「你要死了，這麼大了，怎麼這麼愛動手動腳的。」

　　<u>寶玉</u>一想，二人也都大了，總是「男女授受不親」，馬上縮手說：「說話忘記了，也就顧不得死活了。」

　　「死了倒沒什麼，只是丟下什麼金鎖，什麼麒麟的，那可怎麼辦！」

　　一句話又把<u>寶玉</u>說急了，問她：「妳這些話，到底是想詛咒我，還是想氣死我呢？」

　　<u>黛玉</u>又想起日前兩人鬧的那件事情，她也不是不明白，就是管不住自己那顆猜疑的心，一面帶著歉意，一面近前伸手替他擦臉上的汗：「你別急，我說錯了，看你急出一臉的汗！」

　　<u>寶玉</u>看著<u>黛玉</u>半天，才說：「妳放心！」

　　<u>黛玉</u>不明白，發了一下呆才問：「我有什麼好不放心的，你倒說說，什麼放心不放心？」

　　<u>寶玉</u>嘆了一口氣，說：「妳真的聽不明白嗎？妳若不明白，不但我平日白用了心，就連妳平日待我的心都辜負了，妳就是因為不放心，才弄了一身的病，如果妳能想開一點，這病也不會一天重過一天了。」

　　<u>黛玉</u>聽了這話，有如被雷打中了一樣，細細思量，這些話竟然比自己從肺腑中掏出來的還要真切，這時

紅樓夢

就是有千言萬語，也說不出口，只能呆呆的看著<u>寶玉</u>。兩人對看了半天，<u>黛玉</u>百轉千回的心思，鬱結在胸口，一時湧了上來，她只咳了一聲，眼淚一直流下來，轉身就走。

<u>寶玉</u>拉住她說：「好妹妹，別走，我再說一句話就好。」

<u>黛玉</u>一面擦去淚水，一面推開他，說：「不用了，你要說的話，我都知道了。」說完，頭也不回的走了，留下<u>寶玉</u>一人在那兒發呆。

剛才<u>寶玉</u>匆匆出門，沒有帶扇子，<u>襲人</u>怕他熱了，幫他送來，就看到<u>黛玉</u>走了，他還站著不動，因而趕上來說：「你也不帶扇子去，虧我趕著送來。」

<u>寶玉</u>正出了神，聽見<u>襲人</u>和他說話，並沒有看來的人是誰，就把自己心中的話全都說了出來：「好妹妹，我的這個心，從來也不敢說，今天我一定要鼓起勇氣說出來，這樣就算死了我也甘心。我為妳，也弄了一身的病，又不敢告訴別人，只好一直憋在心裡——我睡裡夢裡也忘不了妳。」

<u>襲人</u>聽了，心裡驚疑不止，又急又怕又害羞，連

忙推醒他：「你是怎麼啦？老爺找你，還不快去！」

　　寶玉一時醒過來，才知道是襲人，雖然羞得滿面通紅，卻也只是呆呆的，接了扇子便直接走開。

　　襲人見他去後，反覆思索，想他剛才的話一定是對黛玉說的，如此看來，兩人之間的情愫再這麼繼續下去，將來要是有不端正的舉止，那該如何是好？想到這裡，襲人也不自覺發起呆來，心裡暗暗下了一個決定。

第十一回 為君哪得不傷悲

　　寶玉見完客人，到王夫人房裡又被教訓了一頓，從房裡出來，茫然不知何往，低著頭，背著手，一面感嘆，一面漫無目的的走到廳上，剛轉過屏門，卻和一人撞了滿懷，這人不是別人，就是他父親。

　　賈政說：「好端端的，你垂頭喪氣的做什麼？剛才客人來，叫了半天才到。既然來了，又畏畏縮縮的，現在又哎聲嘆氣，到底是怎麼回事？」

　　寶玉平常雖然口齒伶俐，今天卻因為心神不寧，父親說的這些話，他都沒有聽進去，只是呆呆站著。

　　賈政看他這個模樣，本來沒生氣，也生出了三分氣。正要好好教訓他一番，卻剛好有僕人來稟報前廳有客來訪，賈政只好說他兩句，便到前廳接見客人。

　　沒想到來的客人竟然說寶玉拐走王爺府裡的戲子，氣得賈政吹鬍子瞪眼睛，回到書房又聽賈環告了寶玉一狀，說是王夫人房裡丫鬟的死是寶玉害的。賈政不知賈環平常就對寶玉不滿，今天趁此機會加油添

醋，賈政信以為真，氣得臉色蒼白，大叫：「把寶玉綁過來！拿大棍子！把門關上！」

大家看到賈政這麼生氣，趕緊退了出來，幾個僕人齊聲回應，並且把寶玉找過來。

賈政大喝：「把他嘴巴塞起來，用棍子打死他！今天如果有人要勸我，我就一起自我了斷，免得人家說我生了這個不孝子侮辱祖先！」

僕人們不敢違逆，只得將寶玉按在凳子上，舉起棍子，打了十幾下。賈政嫌他們打得輕，一腳踢開揮棍的僕人，把棍子搶過來，使出全力又打了十幾下。

寶玉從來沒有受過這樣的處罰，剛開始還能亂哭亂叫，到後來呼吸越來越微弱，哽咽發不出聲音。

門外的客人看打得太過分了，紛紛來勸賈政。賈政怒氣沖沖的說：「你們問問他做了什麼事？平常都是你們把他寵壞了，都到了這個地步，你們還來替他說情，要等到他做出殺父殺君的大禍，你們才不幫他說話是不是？」

眾人一聽話說得這麼嚴重，趕緊叫人去內院通報，王夫人一聽，急忙趕來。賈政正要再打，看見王夫人進來，更是火上加油，棍子打得更快、更用力了。王夫人見狀，上前抱住板子，哭著說：「寶玉該打，但老

爺也要保重自己的身體啊！還有老太太身體不好，你打死寶玉沒關係，但是如果氣壞老太太該怎麼辦呢？」賈政聽完這些話才停了下來，但寶玉早已動彈不得。

接著丫鬟突然稟報：「老太太來了！」話還沒說完，就聽到賈母氣喘吁吁的說：「要打，先打死我。」賈政連忙出去迎接，只看到賈母扶著丫頭，搖頭喘氣的走來。賈政上前彎腰陪笑說：「大熱天的，母親有什麼吩咐，叫我進去就好了，何必自己來呢？」

賈母聽了停下腳步，怒容滿面的說：「我是有話要說，只是我這一生沒有養出一個好兒子，叫我跟誰說去？」

賈政聽這話，知道母親非常生氣，急忙跪下含淚解釋：「我管教他也是為了光宗耀祖，您說這些話，我怎麼承當得起？」

賈母憤怒的說：「我一句話，你就承當不起了，你那樣用盡全力的打，難道寶玉就承受得起？」賈母邊說邊流下淚來。

賈政又是陪笑又是陪罪的說：「母親別難過了，都是我一時性急。從此以後，我再也不打他了。」

賈母冷笑兩聲：「你的兒子，你要打就打隨便你！你大概覺得我們娘兒們很煩吧，不如我們全部離開你，

大家清淨！」

　　賈母一面說，一面看寶玉，見他被打成那個樣子，又是心疼，又是生氣，抱著寶玉哭了一會，賈政只敢直挺挺跪著，叩頭謝罪。

　　鳳姐趕緊叫人拿了藤編的寬凳來，把寶玉抬到賈母房中。賈政看到寶玉此時面白氣弱，底下穿著的綠紗褲子一片血漬，大腿到臀部都是淤血和破皮，沒一處是完整的，才後悔自己真的下手太重了。又看到賈母怒氣未消，只好跟著進去。

　　賈母含淚對著賈政說：「兒子做錯事本來就該管教，但也不該打到這種地步。你不出去，還在這裡做什麼？還沒打夠嗎？」

　　賈政聽了，不敢回嘴，連聲答應後便退了出去。

　　賈母趕緊找人來幫寶玉醫治傷口，又叫人把寶玉小心的抬回他的房間裡。眾人七手八腳把寶玉送回怡紅院，服侍他在床上臥好，又亂了半天，才漸漸散去。

　　過沒多久，寶釵就來了，手裡拿了一些藥，交給襲人說：「晚上把這藥用酒一起磨一磨，替他敷上，把那淤血的熱毒散開就沒事了。」接著又問寶玉：「有好一點嗎？」寶玉一面道謝，一面說：「好一點了。」

　　寶釵見他開口說話，不像先前那樣氣若游絲，放

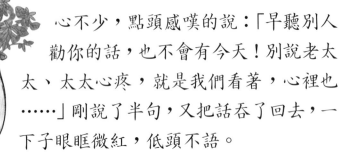

心不少，點頭感嘆的說：「早聽別人勸你的話，也不會有今天！別說老太太、太太心疼，就是我們看著，心裡也……」剛說了半句，又把話吞了回去，一下子眼眶微紅，低頭不語。

寶玉聽見這話如此親切，又見她忍住不往下說，含淚調整衣帶，那害羞扭捏卻又真心為自己擔心的模樣，讓他覺得很感動，早將疼痛丟到九霄雲外去了。寶玉想：「我不過被打了幾下，她們一個個就這麼心疼，要是我遇到更嚴重的事故，他們不知到會悲傷到什麼程度呢！有她們如此真心的對我，就算死了也不覺得可惜。」

寶釵離開之後，寶玉昏昏沉沉的睡去。半夢半醒之間，忽然覺得有人在推他，隱約還聽到悲切的哭聲，睜眼一看，就看到黛玉那雙腫得像核桃一般的眼睛，充滿淚光。寶玉想將身子撐起，下半身卻痛得不得了，支撐不住，便「哎喲」一聲倒了下來，嘆氣的說：「妳來做什麼？太陽剛落，地還是熱的，妳要是又中暑了，該怎麼辦呢？這次被打其實不會很痛，這個樣子是裝出來騙他們的。」

黛玉雖然不是嚎啕大哭，可是這種無聲的哭泣，

紅樓夢

氣都被堵在喉嚨裡，比大哭還傷神。聽完寶玉的話，黛玉努力想要說些什麼，卻沒有力氣說出來，過了半天才抽抽噎噎的說：「你快把這些壞習慣都改了吧！」

話還沒說完，院外的丫鬟便說：「二奶奶來了。」黛玉不想讓別人取笑自己的樣子，便快步從後院走了。鳳姐從前門進來，接著薛姨媽也來了，不久賈母又派人過來。人來人往，大家都來探望寶玉。

過一會兒，王夫人派人詢問寶玉的情況。襲人想了一下，便交代晴雯和其他人好好照顧寶玉，自己則出了園門，來到王夫人的上房。

王夫人看到襲人來了，便說：「妳怎麼丟下寶玉自己跑過來了？現在是誰在服侍他呢？寶玉現在還是很疼嗎？」

襲人回答：「敷了寶姑娘送來的藥已經好一點了，現在睡得很熟，晴雯她們都在。」王夫人聽了稍微放心了一點。

其實襲人原本就想跟王夫人說一些事情，卻一直找不到時機。趁著這次來找王夫人，襲人心想自己一定要好好把握機會。「今天大膽在太太跟前說句不該說的話。論理，寶二爺是該讓老爺管一管了，不然不知要鬧出什麼事來。」襲人鼓起勇氣的說。

王夫人聽這些話和她心裡想的一樣，忍不住點頭嘆息，對襲人說：「我也知道寶玉該被管教。珠大爺還在的時候，妳是看過我怎麼管他的。只是現在我都五十歲了，眼前就剩他一個兒子，他又長得單弱，加上老太太又寵他，如果他發生什麼事情，或是讓老太太像今天一樣生氣，對整個家族都不好，所以就寵壞了他。」說著忍不住滴下淚來。

　　襲人也陪著掉淚，又說：「每天我都勸著二爺，只是不管我怎麼勸都勸不醒他！」襲人欲言又止的停了一會兒，才又鼓起勇氣說：「夫人，還是想個辦法讓二爺搬到園外吧。」

　　王夫人聽了，大吃一驚，連忙拉著襲人的手問：「寶玉在裡面發生了什麼事嗎？」襲人說：「太太別多心，沒有發生什麼事，只不過是我的一點想法罷了。因為二爺漸漸長大了，園裡的姑娘也長大了，男女有別，讓他們日夜相處，其實不太妥當。寶二爺的個性，太太是知道的，他喜歡在姐妹堆裡玩耍，萬一哪一天不小心有越禮的舉動，被有心人拿來做文章，不論真

假，人多嘴雜，壞了二爺一生的名聲，豈不是後悔莫及？」

　　王夫人聽了這些話，越想越覺得有道理，心裡很感謝襲人，便說：「多虧妳想得周全。妳先回去吧，我自有打算。我把寶玉交給妳了，妳多留點心照顧他，以後自然不會虧待妳。」

　　襲人答應，慢慢退出。

一第十二回 偏要木石姻緣

　　這天，賈母等人都來看寶玉，薛姨媽、寶釵也來了。王夫人問寶玉想吃點什麼，寶玉說：「沒什麼特別想吃的，倒是有點想喝上次那小荷葉、小蓮蓬的湯。」

　　鳳姐在一旁笑說：「口味倒不高貴，就是做起來太麻煩了，居然想吃這個。」便叫人去找來湯模子。那湯模子用小箱子裝著，共有四副，每副上面鑿著豆子大小的圖樣，有梅花、菊花、菱角、蓮蓬等三、四十種，十分精巧。用這模子把麵壓出來，再配上荷葉的清香，加上好湯，便是寶玉想喝的麵湯。

　　薛姨媽笑著對賈母、王夫人說：「府上也太厲害了，吃碗湯還有這麼多花樣，要是妳們不說，我看到這個湯模子，也不知道是做什麼的。」

　　鳳姐一聽，便順勢叫廚房拿幾隻雞，另外添些東西，做十碗湯來讓大家品嚐。

　　賈母笑著說：「妳啊！拿著公費做人情。」

　　鳳姐忙說：「這些湯跟公費沒有關係，這點東西我

還孝敬得起。」回頭便交代廚房裡的說：「儘管多添些好材料，在我賬上領銀子。」

寶釵一旁笑著說：「根據我來了這麼多年的觀察，二嫂子再怎麼巧，也巧不過老太太。」

賈母說：「我老了，還巧什麼？當我像鳳丫頭這麼大年紀的時候，比她還屬害呢。鳳丫頭嘴巴甜，難怪大家都疼她！」

寶玉說：「老太太的意思是，不太會說話的人就不被人疼了？」

「不太會說話有不太會說話的可疼之處，嘴甜的也有惹人討厭的時候。」賈母說。

寶玉笑說：「這就對了，像大嫂子不太會說話，老太太也像疼鳳姐姐一樣疼她，不然要是只疼會說話的，這些姐妹裡頭也只鳳姐姐和林妹妹有人疼了。」

「說到姐妹，不是我當著姨太太的面前說好話，這些姐妹都不如寶丫頭。」賈母說。

薛姨媽聽了連忙說：「老太太過獎了。」

王夫人說：「老太太時常背地裡對我說寶丫頭好，這倒是真的。」寶玉開啟這個話題，原本是要稱讚黛

玉的，沒想到反而是寶釵被稱讚。眾人又坐了一下子，用了湯便離開了。

又過了兩天，寶玉身上的傷好多了，正在房裡午睡。寶釵本來想要來找寶玉說話打發時間，不料走進院中，鴉雀無聲，丫頭們都在午睡。來到寶玉房中，只見寶玉睡著，襲人坐在床邊做針線。

寶釵走進前來，悄悄說：「在做針線活兒？」

襲人正專心著，被這聲音嚇了一跳，猛抬頭看到是寶釵，便放下針線起身悄聲說道：「姑娘來了？」

寶釵說著，一面看著襲人手裡的東西，竟然是個肚兜，上面是五色鴛鴦在紅蓮綠葉旁邊玩耍的圖樣。寶釵好奇問說：「好精緻的手工，這是要做給誰的？值得妳花這麼大功夫？」

襲人翹起嘴巴嘟向床上，寶釵又笑了，說：「這麼大了，還穿這個？」襲人也笑了，回答：「原本是不穿

了，但怕他夜裡踢被子，才又穿了。姑娘說這樣就算精緻了，妳還沒看見他身上穿的那一件呢！」襲人因為長時間盯著做肚兜，眼睛乾澀，脖子也酸酸的，便說：「好姑娘，妳先坐一下，讓我出去走走吧！」寶釵點頭，襲人出去，留下寶釵一人。

寶釵只顧著看那肚兜上美麗的圖樣，彎著身子便順勢坐下，恰好坐在襲人剛才的位置，又見肚兜上面的圖樣實在可愛，忍不住拿起針來，接著做下去。

正巧黛玉和湘雲也一起來了。兩人來到院中，見屋內靜悄悄的，黛玉便走到窗下，隔著窗戶，往裡面一看，正好看到寶玉穿著銀紅色的睡衣，在床上睡著，寶釵坐在旁邊做針線。

黛玉看到他們兩個的樣子，就像是一對恩愛夫妻，不自覺看呆了，又怕被寶釵發現，連忙把身子一閃，抿著嘴不敢笑出聲來，接著連連招手叫湘雲過來。湘雲看到黛玉的樣子，以為有什麼大新聞，趕緊上前來看，才剛要笑，又想起寶釵平常對自己那麼好，便遮住嘴巴忍住不笑，又怕黛玉取笑寶釵，便藉口去找襲人，把她拉走了。黛玉心裡知道湘雲在想什麼，冷笑兩聲，便

跟著她走了。

　　寶釵剛做好了兩三個花瓣，忽然聽見寶玉在睡夢中喊罵：「什麼『金玉姻緣』？我偏要『木石姻緣』！」寶釵聽了這話，嚇了一大跳。心想，寶玉連在夢中都記得這件事，顯然心裡思念著黛玉。

　　正發呆想著，襲人回來了，兩人說不到幾句話，鳳姐又派人來把襲人叫過去，於是襲人和寶釵一起離開怡紅院，往鳳姐這兒來。

　　鳳姐笑著對襲人說：「夫人說今後妳的花費從夫人那裡支出，其他姨娘們有的，妳也有一份。還不快給夫人磕頭？」原來王夫人要把襲人正式變成寶玉的小妾，讓襲人不好意思的羞紅了臉。等到見過王夫人回來，寶玉已醒，問起她上哪兒去，襲人只含糊帶過，直到夜深人靜，襲人才把事情說了。

　　寶玉喜不自勝的說：「我看妳還怎麼回家去？上次從家裡回來，就說妳哥哥要贖妳回去，又說了一些無情無義的話來唬我，這下我看誰還敢來叫妳回去？」

　　襲人板起臉回答：「你別這麼說，從今以後，我是太太的人了，我要走，也不用對你說，只要回了太太就可以走。」話剛說完，襲人覺得自己太莽撞，急忙轉開話題，胡亂聊了一會兒，便睡了。

一天，寶玉覺得很煩悶，便想起牡丹亭的曲子，他看了兩遍，仍然覺得意猶未盡，聽說府裡來了一些學戲的女孩，其中有個齡官唱得最好，便出門來找她。到了齡官房中，只見齡官獨自在房間裡，看到寶玉進來，卻動也不動，寶玉平常和女孩子玩習慣了，便走到齡官旁邊陪笑，想叫她唱一套詞，沒想到齡官見他坐下，連忙起身躲避，正色說：「我嗓子啞了，之前娘娘傳我們進去，我都沒唱呢。」

寶玉看她閃躲的樣子，想到自己從來沒有被人這樣討厭過，便紅了臉，難為情的走了出來。其中一個學戲的女孩說：「請寶二爺等一下，只要薔二爺來了，他叫齡官唱，齡官就會唱了。」另一名女孩又說：「薔二爺現在一定是去找齡官想要的東西了，馬上就回來。」寶玉聽了覺得很納悶，稍站片刻後，果然看到賈薔走進來，手裡提著一個雀籠子，籠子裡還有一個小戲臺，上面站著一隻雀鳥。

賈薔原是寧府的後代，但因父母早亡，從小跟著賈珍過活。如今已經十七、八歲，長得風流俊俏，頗得賈珍喜愛，與賈蓉感情深厚。他上有賈珍的溺愛，

下有賈蓉的保護，大家都不敢得罪他，他也就越來越自大。後來他因為一點小聰明，變成賈府小戲班的總管。

賈薔見到寶玉，只請寶玉稍坐一下，便直接往齡官房裡去了。這下寶玉也沒有心思聽曲子，只想看看賈薔和齡官兩個人到底是怎麼回事，女孩們也起鬨一起跟進了房。一進房間只看到賈薔笑著對齡官說：「妳看看這玩意兒，我幫妳買了雀鳥來玩。」說著拿了一些穀子哄得雀鳥銜著小旗在戲臺上蹦蹦跳跳的。一旁的女孩們都笑了，只有齡官冷笑兩聲，仍然賭氣不理。

賈薔陪笑問她好不好玩，齡官說：「你們把好好的人弄來關在這裡學唱戲還不夠，現在又弄隻雀鳥來，關在籠裡也做同樣的事，你分明是來取笑我們，還問我好不好？」

賈薔一聽連忙解釋：「我絕對不是這個意思！」說完趕忙把雀鳥放了，接著又把籠子拆了。齡官又說：「那雀鳥雖然不如人，卻還有老雀鳥在窩裡等牠；我被捉來這裡，卻沒有半個人關心我。今天我咳嗽咳出血來，太太要你去請大夫，你也不去請，又弄這個來取笑我。」

賈薔聽了，急忙說：「昨天問過大夫，他說沒有大

礙，吃兩劑藥，後天再觀察情況。怎麼今天又吐血了？我現在馬上去請大夫。」齡官又叫：「站住，現在外面太陽這麼大，就算你去請了人來，我也不看！」

賈薔聽如此說，只能站著，左右為難，不知如何是好。寶玉看到這一幕，才領會到原來愛情是這麼回事。

寶玉痴痴的回到怡紅院，正好黛玉和襲人坐著說話。

寶玉一進來就對襲人說：「我之前說：『希望妳們的眼淚只為我流。』這話又說錯了，怪不得老爺說我是井底之蛙，沒有見識。從此之後，只好各人得各人的眼淚了。」

襲人和黛玉知道他一定又從哪裡著了魔回來，都笑了起來。寶玉默默不應，只低頭沉思，想到賈薔和齡官的深情，寶玉體會到每個人都有各自的緣分，卻暗自傷感：「不知將來葬我、為我灑淚的是誰？」

三人閒坐，忽然看到湘雲穿得整整齊齊，走過來說家裡已經派人來接她。寶玉、黛玉一聽，連忙站起來讓坐，湘雲不肯坐，寶玉和黛玉只好送她出去。不久，寶釵也趕來。湘雲更捨不得大家，紅著眼睛不說話。寶釵明白要是跟湘雲來的嬤嬤、丫鬟回去在她嬸

娘面前告狀，恐怕<u>湘雲</u>又要被處罰了，因此催著她快走。

　　<u>湘雲</u>點點頭，把<u>寶玉</u>叫到面前，悄悄囑咐：「如果老太太忘記我了，你要時常在她面前提起我，好讓她派人接我過來。」<u>寶玉</u>連聲答應，等到<u>湘雲</u>坐車回去了，大家才一起進來。

第十三回 紫鵑婉言試寶玉

　　話說賈政自賈妃歸省之後，當官更加勤奮，皇上見他人品端正，雖然不是因為考試而當官，整個家族卻都是世代讀書的人家，因此特地將他派去監督國家考試的相關事務，賈政奉旨挑好了日子，拜別賈母離家上任。

　　寶玉自賈政離開家裡之後，每天在園中任意遊蕩，又請賈母把湘雲接過來，姐妹一處玩耍。而黛玉每年到了春分*和秋分*的時候，就會覺得身體不舒服。今年秋天又遇到賈母特別開心，多遊玩了兩次，累壞了身子，導致最近咳嗽起來，覺得比往常還嚴重，所以只在房中休養不出門。有時心裡很悶，希望能有個姐妹來陪她聊天，但等到寶釵、湘雲等姐妹真的來探望

＊春分：二十四節氣之一。當陽曆三月二十或二十一日，太陽直射赤道，這天晝夜長短平均，以後晝漸長，夜漸短。

＊秋分：二十四節氣之一。當陽曆九月二十三或二十四日，這天太陽幾乎位在赤道的正上方，晝夜的時間相等。

她了，說不了幾句話，又厭煩了。大家體諒她生病，而且身體不好，受不了一點委屈，所以雖然她接待不周，也都不責怪她。

這天，寶玉又去探望黛玉。剛好黛玉在午睡，寶玉不敢驚動，見紫鵑在迴廊上做針線，就上來問她：「昨天夜裡妹妹咳嗽有好一點嗎？」紫鵑回答：「好多了。」

「阿彌陀佛，真希望她立刻就好。」

紫鵑笑說：「你也唸起佛來了，真是新聞啊。」

「所謂『病急亂投醫』啊。」寶玉說著，見紫鵑穿著薄棉襖，外面只加一件背心，便伸手向她身上抹了一下，說：「穿這麼單薄，還坐在風口這邊，妳要是也生病了該怎麼辦呢？」

紫鵑正色說：「以後我們說話就說話，別這樣動手動腳的，都這麼大了，被人看到了會說你不莊重。姑娘常吩咐我們，別老跟你說笑。你看最近她總是離你遠遠的。」說完便收拾針線進房。

寶玉聽了這些話，心中像被一盆冷水澆下，瞪著面前的竹子發呆，千思萬想，卻不知如何是好。雪雁剛好經過，看到寶玉托著腮，滿臉淚痕的樣子，便走過來問他：「今天這麼冷，你在這裡做什麼？」寶玉看

到是雪雁，不開心的說：「她既然不許妳們理我，妳又來找我做什麼？妳也是女孩兒，如果被人看見，豈不是又被別人說閒話？」

雪雁聽了，以為他又受了黛玉的委屈。回到房裡，發現黛玉正在午睡，便對紫鵑說起這件事：「姑娘還沒醒，那是誰讓寶玉這麼傷心？他坐在屋外哭呢。」

紫鵑聽了，連忙放下針線，又囑咐雪雁：「仔細注意姑娘的動靜，要是問起我，就說我馬上來。」之後便出了瀟湘館來找寶玉。

紫鵑走到寶玉面前，笑著說：「我不過為了你好說你兩句，你就生氣跑來這裡哭，要是弄出病來還得了？」

「誰生氣了？我是聽妳說得有道理，別人一定也是這麼想的，將來大家都會漸漸不理我了，想到這裡就覺得傷心。」寶玉說。

紫鵑靠著寶玉坐下，正想安慰他，又聽寶玉說：「剛才面對面說話，妳就走開了，現在怎麼又挨著我坐？」

紫鵑又氣又好笑，倒想起一件事情要問寶玉：「老太太怎麼忽然叫人每天送燕窩過來？」

寶玉說：「因為我想燕窩要是吃習慣了，搞不好吃個兩、三年林妹妹的病就好了，便跑去跟老太太說，大概是老太太已經吩咐鳳姐姐照辦了。」

「喔，原來是你說的，真是多謝你的費心。」接著眉頭一皺說：「不過在這裡吃習慣了，明年要是回家去，哪有閒錢吃這個東西呢？」

寶玉一聽心裡一驚，連忙詢問：「妳說誰回家去？」

紫鵑見寶玉驚慌的樣子，想要試探他，就順著話說：「當然是林姑娘回揚州去。」

寶玉搖搖頭，說：「妳別胡說了，揚州雖是林妹妹的家鄉，但是林妹妹沒了父母，老太太怕沒人照顧她，才接她過來。妳說，她明年回去要找誰呢？」

紫鵑一臉嚴肅的說：「你也太小看人了，你以為只有你們家是大家族，人口多嗎？別人就只有父母，沒有別的親戚？當初老太太心疼我們姑娘年紀小，雖然還有叔叔伯伯，卻不像父母那麼親，所以接來住幾年，到長大了該嫁人的時候，當然要送還給林家。難不成林家女兒要待在你賈家一輩子？所以最早明年春天，即使老太太不送她回去，林家也一定會有人來接她的。前幾天姑娘叫我告訴你，請你把以前小時候她送你玩的東西整理出來還她，她也已經將你送她的東西整理

好了呢。」

　　寶玉聽了，頭頂像是響了一個暴雷，心神恍惚。紫鵑想要看看他會怎麼回答，等了半天，他卻默不作聲，正想再問，就見晴雯來找寶玉，說是老太太叫他過去，要他回去換衣服。紫鵑便回房間裡去了。

　　晴雯見寶玉呆呆的，滿臉漲紅，一頭熱汗，連忙拉著他回怡紅院。襲人一看，寶玉渾身發熱，原本以為是受了風寒，又看到他兩個眼珠直直的瞪著，口水都流出來了也不知道要擦乾淨。給他枕頭，他就直接睡下；扶他起來，他就坐著；倒茶過來，他就喝茶。眾人看到寶玉這樣，一時忙亂起來，又不敢驚動賈母，便先叫人去請有經驗的李嬤嬤來。

　　李嬤嬤趕了過來，捧著寶玉的臉看了半天，摸摸他的額頭，又問他話，他都沒有反應，李嬤嬤便在他人中上用力掐了兩下，他竟然也不覺得痛。

　　李嬤嬤大叫一聲：「不得了了，寶玉沒救了！」說完便抱著寶玉大哭起來。

　　眾人因為李嬤嬤見多識廣，才請她來看，如今被她這麼一說，大家都以為寶玉真的沒有救了，全都哭了起來。

　　這時只有襲人比較冷靜，想了剛才的事，便趕到

瀟湘館來，看到紫鵑正在服侍黛玉吃藥，也顧不得禮貌，便直接問紫鵑：「妳剛才對我們寶玉說了什麼？妳去看看他的樣子！如果他出了什麼事，妳自己去回老太太，我不管了！」

黛玉看襲人怒氣沖沖，臉上帶有淚痕，心裡也跟著著急了起來，連忙問：「怎麼了？」

襲人哭著說：「不知『紫鵑姑奶奶』說了些什麼話，那個呆子眼睛直了，手腳也冷了，話也不說了，李嬤嬤掐他也不疼了。連李嬤嬤都說沒有救了，在那邊放聲大哭，這下子寶玉恐怕已經死了。」

黛玉聽完「哇」的一聲，把剛吃的藥全都吐了出來，乾咳了好久，喘得抬不起頭來。紫鵑連忙上來幫忙搥背，黛玉趴在枕頭上喘息了一下子，推開紫鵑說：「不用妳搥，妳乾脆拿繩子來勒死我好了！」

紫鵑急忙解釋：「我沒有說什麼，不過是幾句開玩笑的話，誰知道他會當真。」

襲人說：「難道妳還不知道他是個傻子，每次都會當真嗎？」

黛玉說：「妳說了什麼話，快點去解釋清楚，說不定寶哥哥就醒過來了。」

紫鵑聽了，和襲人趕到了怡紅院，不料賈母、王

紅樓夢

夫人等都已經在那裡了。賈母一看到紫鵑，便破口大罵：「妳這該死的，到底跟他說了什麼？」

紫鵑說：「我沒有說什麼，不過說了幾句玩笑話。」誰知道寶玉看到了紫鵑，「哎呀」一聲哭了出來，拉著紫鵑說：「把我也一起帶去吧。」

眾人不知道發生什麼事情，細問之下才知道是紫鵑說黛玉要回揚州，才讓寶玉變成這個樣子。賈母流著淚說：「我還以為有什麼緊急的事情！」又對紫鵑說：「妳這孩子，平常伶俐聰明，也知道他傻呼呼的，無緣無故逗他做什麼？」

薛姨媽安慰賈母說：「寶玉和黛玉從小一塊兒玩大的，因此感情特別好，一下子聽到黛玉要走，不要說是寶玉，就是我們，也會覺得捨不得和傷心了。老太太放心，這不是什麼大病，吃一兩劑藥疏散一下就好了。」

寶玉服完藥以後果然安靜了下來，只是緊拉著紫鵑不放，一直問：「她一定要回揚州嗎？」

賈母沒辦法，只能叫紫鵑守著他，另外派丫鬟去服侍黛玉，直到寶玉心神慢慢恢復，賈母、王夫人等人才回去，夜裡還

派人來問了幾次。

　　寶玉生病的這幾天，紫鵑和襲人日夜相伴，常常聽到寶玉從夢中驚醒，哭著說黛玉已經去了，或是說有人要來接她，每次紫鵑都要安慰很久，寶玉才安靜下來。

　　其實寶玉服了幾次藥之後早就清醒了，只是因為不想讓紫鵑回去，所以故意瘋瘋癲癲的。這天等到身旁沒有人的時候，寶玉拉著紫鵑的手認真的問：「妳為什麼嚇我？」

　　紫鵑說：「不過是逗你玩的，你就認真起來了。」

　　寶玉說：「妳說得那麼合情合理，哪裡像是玩笑話。」

　　紫鵑笑著說：「真的是我編的玩笑話。林家真的沒有人了，就算有人要來接姑娘，老太太一定不肯讓她回去。」

　　寶玉說：「就算老太太肯放她回去，我也不答應！」

　　紫鵑瞇著眼睛問：「真的不答應嗎？只怕你是說說而已。你已經長大了，聽說老太太也已經給你定親了，再過二、三年娶了老婆，你眼睛裡還有誰？」

　　寶玉聽了驚嚇的說：「誰定了親？定了誰？之前我發誓、砸這塊寶玉的時候，妳不是都勸過了嗎？我病

紅樓夢

了這麼多天，才剛覺得好一點，妳又來惹我生氣。我只希望我立刻死掉，把心挖出來讓妳們看清楚，然後連皮帶骨，化做一股煙，讓風吹散。」寶玉一面說，一面又滾下淚來。

紫鵑掩住他的嘴，又替他擦眼淚，連忙解釋：「你不用急，其實這件事情原本是因為我心裡著急，才想要試探你的。你也知道我並不是林家的人，是林姑娘來了我才跟她的，偏偏她又跟我很要好，一時一刻都分不開。我擔心要是她離開了，我一定會想跟著去，可是我的家人都在這裡。我如果不去，會辜負了我們平日的感情；如果真的去了，又會拋棄了我的家庭，所以才會拿這些話來問你，誰知道你就這樣傻鬧起來。」

寶玉這才寬了心，笑著說：「原來妳是擔心這個，所以妳才是傻子，不然這樣好了，活著，我們一處活著；不活著，我們一起化成煙，如何？」

紫鵑聽了寶玉這些話雖有傻氣，但他的心思卻更加堅定。紫鵑心想等回黛玉身邊後，一定要把這件事細細說給黛玉聽。

過了幾天，寶玉已經好了，紫鵑便回瀟湘館來。黛玉之前聽到寶玉病傻了，不知道又哭了多少回，現

在看到紫鵑回來，問明前因後果，知道寶玉已經好多了，這才安心。

夜深人靜後，紫鵑在黛玉耳邊悄悄說：「寶玉對你是真心的，這次因為聽見我們要回去，就病起來了。」

聽到黛玉沒有回應，紫鵑停了一會，又自言自語說：「這裡就算有比姑娘更好的人家，也比不上你們從小一塊長大那麼了解彼此的脾氣和個性。」黛玉回答：「妳這幾天還不夠累嗎？不快點睡，還一直說話。」

紫鵑說：「我是一片真心替姑娘著想。妳又沒個父母兄弟，不趁老太太還硬朗的時候，把終身大事定下來，如果老太太發生什麼事，就沒有人能替妳作主了。貴族子弟雖然很多，但哪一個不是三妻四妾的？就算娶了天仙回來，一樣三、五天就失寵了。娘家有勢的還好，要是像姑娘這樣，若沒老太太撐腰，就只有任人欺負了。姑娘是聰明人，要早點拿定主意才好。」

黛玉聽了，說：「妳今天怎麼了，去了幾天，就像變了一個人似的，一直說一些奇怪的話。我明天去跟老太太說，把妳退回去算了。」

紫鵑一聽，知道黛玉把她的話聽進

心裡了，笑著說：「我說的是好話，又不是叫妳去為非作歹。」說著，就自顧自的睡了。

　　黛玉嘴巴上不承認，心裡其實一直覺得很感傷，想起自己舉目無親，又想到自己和寶玉一片真心，但卻不知未來會怎麼樣，反而哭了一夜。

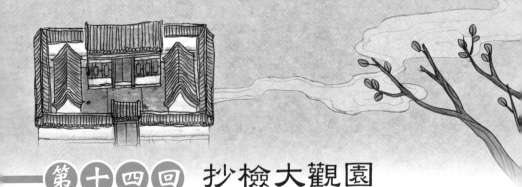

第十四回 抄檢大觀園

這天，眾姐妹都在都在房內用過早餐，聽說賈政來信，就都到賈母房裡去。寶玉把信拆開，念給賈母聽，上面不過是一些問候的話，然後說六月會回到京城等等。大家聽說賈政要回來，都歡喜不已。襲人也趁機勸寶玉收一收心，有空多念一些書，不然賈政回家時一定會考問。

寶玉算了一下還有好幾個月，推託說時間還早就想丟開，襲人又說：「書還只是其次，就算你書讀得差不多了，你的字寫在哪裡呢？」

「我平常寫的那些，難道沒有收起來嗎？」

「哪裡沒有收起來？但我昨天拿出來數一數，只有五百六十幾篇，兩、三年的時間，難道只有這幾張字不成？我看明天開始，你就把心都收一收，天天寫幾張字補上去吧。」

寶玉聽了，自己也檢視一遍，真的是少了點，就說：「好，明天開始，一天寫一百字吧。」

隔天，寶玉起來梳洗過後，就在窗下臨帖寫字。賈母一早起來沒看見他，以為他生病了，趕快派人來問。寶玉過去請安，說起寫字的事，賈母聽了十分開心，就要他儘管去寫字讀書，不用過來請安，又要他也去王夫人房裡說一下。

王夫人聽了，緊張的說：「早知道會這樣，之前每天寫一點不就好了？照現在這樣趕工，小心又趕出病來。」

寶釵、探春都笑說：「太太不用著急，書雖然沒有辦法幫他念，寫字卻幫得上忙。我們每天幫他寫一篇，到時敷衍過去就好了，一來老爺不生氣，二來寶玉也不會急出病來。」王夫人聽大家這麼說，總算點頭放心的對寶玉說：「快去吧！」

黛玉聽說賈政要回家，知道寶玉一定會被考問功課，所以也替他著急，趕緊寫了一大包模仿寶玉字跡的小楷，讓紫鵑送過去，寶玉收到字非常開心，對紫鵑作了一個揖，又親自去跟黛玉道謝。加上寶釵、探春等人的幫忙，數量雖還不足功課，但也勉強對付的過去，寶玉才稍稍放了心。

從此，寶玉不敢像先前那樣，將功課整個丟在腦後，有時寫寫字，有時念念書，悶了也出來和姐妹們

玩耍半天，或往瀟湘館去和黛玉閒話一回。

眾姐妹都知道他功課還有很多沒有補，大家便自己去吟詩取樂，或練習針線，不去招惹他，尤其黛玉更怕賈政回來會生寶玉的氣，每次寶玉來找他便推睡，不太理他。他也只好在自己屋裡讀書寫字。

轉眼已經是夏末秋初，賈政回京覆命，又蒙恩賜假一個月返家歇息。賈政這次回京，感覺自己年紀漸老，身體漸漸承受不住繁忙的公務，又自己在外住了幾年，骨肉分離，今天能安然回家團聚，深感珍惜，所以大小事務都不管，整天只是看書，悶了就與客人下棋喝酒，或者和家人共享天倫之樂。

但寶玉卻不敢掉以輕心，深恐賈政隨時考問，徹夜用功。這天府內忽然聽到屋外有人大喊：「不好了，有個人從牆上跳下來。」隨即一陣叫人各處尋找的慌亂聲。

晴雯心想正好可藉機裝病，好把賈政考問功課的事往後拖延，便向寶玉獻計：「快趁這個機會裝病，只要說你嚇到了。」這話正中寶玉心懷，於是寶玉便這麼「嚇」出病來了。

賈母聽說寶玉嚇出病了，細問緣由。眾人不敢再瞞，只能據實稟告。賈母說：「我想不到府內會有這種

事，只怕是賊啊！」

當下在場的<u>邢夫人</u>、<u>李紈</u>、<u>鳳姐</u>及陪侍的眾姐妹們，都默默的不知如何答話，只有<u>探春</u>勇敢的說出真話：「近來因<u>鳳姐</u>身體不好，管事不嚴，園裡的人比從前放肆許多，本來只是偶爾偷懶玩個丟骰子或鬥牌，都是些小玩意兒，後來漸漸放縱，竟開了賭局，甚至還發生爭鬥打架的事。」

<u>賈母</u>聽了，生氣的說：「妳既然知道，怎麼不早點告訴我？」

「我想太太事情多，最近身體又不好，所以沒說，只告訴大嫂子和管事的人，訓過他們幾次，現在有好一點了。」

「妳不知這裡頭的厲害，妳以為賭錢是平常事，只要不生事端就好嗎？夜間賭錢，就會喝酒，既然喝酒，門戶就會洞開，甚至到了夜深人靜時，趁機藏賊引盜，還有什麼事情做不出來？何況在園內服侍妳們的，都是丫頭僕婦們，好壞混雜，賊盜之外，要是有別的不好的事情發生，關係非同小可，這件事豈可輕忽！」

鳳姐雖在病中，聽見賈母這樣說，還是很帶勁的把總理管事的人叫來，當著賈母的面罵了一頓。賈母也派人立刻去查哪些是做組頭的、哪些是賭客，而且明令告發者賞，隱情不告者罰。

管家的僕婦們見賈母動怒，誰敢徇私？連忙去園內把人傳齊，一一盤查，最後查出大組頭三人，小組頭八人，加上賭客總共二十多人，全都帶來見賈母。

其中一個大組頭是迎春的乳母，黛玉、寶釵、探春見迎春乳母犯了法，怕迎春心裡不自在，都起身向賈母討情，說：「這個嬤嬤，平日不玩的，看在二姐姐面上，饒了她這次吧？」賈母說：「妳們不知道，她們一個個仗著自己的主子比別人有面子就生事，專門挑撥、教唆主子不分是非的一味護短。這些我非常清楚，正想找個人來開刀，偏偏就遇上了一個，妳們別管，我自有道理。」

賈母重重的責罰了這些人，又把管家的僕婦訓了一頓，才回房午休。大家見賈母生氣，怕隨時會被召喚，都不敢回房。邢夫人在王夫人房裡坐了一回，便到園內走走，正巧遇見賈母房內的小丫頭傻大姐，見她手裡拿著一個花花綠綠的繡香囊，邊走邊看，根本沒注意到邢夫人來了，迎面撞上。邢夫人見她看的入

神，問：「看什麼好東西，看得這麼入迷？拿來我瞧瞧。」邢夫人接過來一看，是個五彩繡香袋，上面竟繡了兩個人赤裸的抱在一起，嚇得連忙死命將香袋握住，並問：「妳在哪裡找到這個的？」

傻大姐疑惑的看著邢夫人說：「在山石背後撿的，正要拿去給老太太看呢。太太，那香袋上是不是繡著兩個人在打架？」

邢夫人嚇出一身冷汗，連忙說：「這不是好東西，別告訴人！要是讓人知道，連妳也要打死呢。快走吧。」

邢夫人急忙打發傻大姐，回頭一看跟著的都是些女孩，不方便將香袋交給她們，就自己塞在袖子裡，直到回房才要僕人王大嬸送給王夫人。

王夫人收下那香袋，垮著一張臉，只帶了一個貼身小丫頭就往鳳姐房裡走來，一言不發，直接到房間最裡面坐下，把平兒等眾丫頭都趕出房外候著。鳳姐也覺得很緊張，不知發生了什麼事。

只見王夫人含著淚，從袖子裡扔出一個香袋來。鳳姐拾起來一看，是一個五彩香袋，嚇了一跳，忙問：「太太從哪裡找到這個的？」

王夫人一時淚如雨下，顫抖的說：「我從哪裡找到？妳想，我們家族裡除了你們夫妻兩個，其餘的婆子、

女孩兒要這個幹嘛？一定是那個不長進的璉兒不知從哪兒弄來的。你們年輕人有些閨房樂趣倒也無妨，只是這個東西大白天明擺在園裡山石上，讓老太太的丫頭撿到了，要不是妳婆婆看見，早送到老太太面前去了。」

鳳姐一聽，又著急又羞愧，立刻漲紅了臉，雙膝跪下，含淚說：「我沒有這種東西，太太您看，這香袋繡工粗糙，一看就是外頭的仿冒品，連穗子都是市街上買的到的東西，就算我再怎麼年輕不知自重，也不肯要這東西。再說就算東西是我的，我也不會帶在身上到處逛，要是姐妹間拉扯露出來被看見，豈不丟臉？而且園子裡丫頭多，寧府那邊太太也常帶幾個小姨娘過來，誰知道不是她們掉的！」

王夫人聽了這番話，覺得很近情理，嘆口氣說：「妳起來！我知道妳也是大家子的姑娘出身，不至於這樣輕薄，但現在要怎麼辦呢？」

「太太，我看趁著查賭這件事，把幾個僕婦叫進大觀園裡查一查。此外，如今這些哥兒、姐兒的丫頭也太多了，趁機把一些年紀大的、難纏的趕快嫁出去，一來可以避免再發生類似的事，二則也可節省一些府內的用度。」

「妳說的很有道理，但仔細想想，妳這幾個姐妹，每人只有兩三個丫頭像樣，其餘的都還只是小朋友，如果再少一兩個，不但我心裡不忍，老太太也不會答應的。日子雖然艱難，也還不至於到這地步，我倒寧可自己節省一些，別委屈了她們。我看還是趕緊叫人進園暗訪此事比較重要。」

不一會兒，鳳姐就傳來幾位太太的僕人，王夫人正愁人手不夠，剛好邢夫人的僕人王大嬸走來，王夫人便要她去稟告邢夫人，一同進大觀園明查暗訪。

王大嬸因為平日進園，那些丫鬟們不太巴結奉承她，想要教訓她們又苦無機會，剛好這件事發生，又聽王夫人委託她，內心暗喜，便說：「這個容易！太太，不是奴才多話，論理，這事早該這樣處理了。太太平常不太往園裡去，所以那些丫頭一個個被寵得像千金小姐似的。」

王大嬸又說：「太太，這些小事，只管交給奴才，等到晚上關了門，我們趁他們沒有防備來個大搜索，有這個香袋的人，一定會有別的不正經的東西，到時翻出來，這個香袋自然也是她的了。」王夫人聽了，覺得這倒是好主意。

大家商議已定，等到晚飯後，賈母安寢，眾姐妹

都入園了，<u>王大嫗</u>就請<u>鳳姐</u>一起入園，喝令將門都上了鎖，先從<u>怡紅院</u>抄檢起。

　　<u>寶玉</u>見這麼多人來，覺得很疑惑，便問<u>鳳姐</u>怎麼回事？<u>鳳姐</u>只說掉了一件重要的東西，恐怕是被丫頭偷去的，為了避免大家互相誣賴，所以都查一查好釐清嫌疑。

　　眾僕婦搜了一回，又要院裡大小丫頭把各人的箱子打開。<u>襲人</u>看到這般陣仗，猜到一定是發生了什麼別的事情，率先打開箱子，讓僕婦搜查一番。等到輪到要搜查<u>晴雯</u>的箱子時，<u>晴雯</u>突然闖了進來，將箱子掀開，兩手提著底往地上一倒，將所有東西都倒了出來。

　　<u>王大嫗</u>漲紅了臉說：「姑娘別生氣，我們是奉太太的命來搜查，妳們說可以翻，我們就翻一翻，不許翻，我們還得去問太太，不用急成這個樣子！」

　　<u>晴雯</u>聽完這些話，更是火上加油，指著她的臉說：「妳是太太打發來的，我還是老太太打發來的呢！太太那邊的人我都見過，就沒見過妳這個有頭有臉大管事的奶奶！」

　　<u>鳳姐</u>聽<u>晴雯</u>這些話鋒利尖酸，心中暗喜，卻礙於<u>邢</u>夫人的面子，連忙喝止<u>晴雯</u>。

王大嬸又急又氣，剛要回嘴，鳳姐便說：「嬤嬤，妳也不必和她們一般見識，仔細搜妳的，這兒搜完，咱們還得到別處走走呢。如果時間拖太晚，走露了風聲，我可擔不起。」

王大嬸只好咬著牙，吞了這口氣，細細看了一回，也沒什麼見不得人的東西。離開怡紅院，又到瀟湘館，也沒搜出什麼。

一行人轉往探春那裡。沒想到早有人向探春報訊，探春猜到必有緣故，才會引出搜查抄檢的事情，就叫丫頭們拿著蠟燭開門等著。

過一會兒，眾人來了，探春故意問：「什麼事？」

鳳姐笑著說：「丟了一件東西，連日查不出來，恐怕旁人賴這些女孩子們，所以大家搜一搜，好還大家清白。」

探春也故意擺著笑臉說：「我的丫頭要是賊，我就是賊頭，既然這樣，先來搜我的箱櫃，她們偷的東西，都交給我藏著呢！」說著，便叫丫頭把她所有箱櫃打開，請鳳姐去檢查。

鳳姐陪笑的說：「我不過是奉太太之命來，妹妹別錯怪了我。」趕緊叫丫鬟把探春的箱櫃關上。

探春冷笑著說：「我的東西妳們可以搜，要搜我丫

頭的，這可不能。妳們要是不肯，儘管去稟告太太，就說是我違背了太太，該怎麼處置，我自己去領罰。你們只知道議論別人被抄家，現在輪到我們自己了，而且還是自己人抄自己家啊！這可應了古人說的『百足之蟲，死而不僵！』必須先從家裡自己毀滅起來，才會一敗塗地！」說著，不覺流下淚來。

周大嬸見狀，連忙打圓場說：「既然女孩兒的東西都在這了，奶奶們到別處去吧。」

探春毫不領情，語帶諷刺的說：「都搜明白了沒有，若明日再來搜，我就不答應了。如果怕剛才沒翻仔細，不妨再翻一遍啊！」

那王大嬸本來就不是很機靈，平常雖然聽說探春是個什麼樣的女孩，但她總以為是眾人不知道看她臉色罷了，一個姑娘家怎麼可能屬害到哪裡去，更何況她不是正室生的。王大嬸仗著自己是邢夫人的僕人，連王夫人都得另眼相待，便趁勢擺擺架子，走到探春面前，掀起探春衣服的一角，嘻嘻笑說：「連姑娘身上我都翻了，果然沒有什麼！」

鳳姐見她這樣，連忙說：「嬤嬤走吧，別瘋瘋癲癲的。」話還沒說完，只聽「啪」的一聲，探春一巴掌打在王大嬸臉上，並且罵道：「妳是什麼東西，敢來扯

我的衣裳！」

　　那王大嬸摀著臉，一溜煙跑出門外，賭氣說：「算了！算了！我跟著太太來了這麼多年，這還是第一次挨打。明天我去跟太太說，乾脆回家算了！」

　　鳳姐、平兒趕忙來勸，探春說：「妳們聽她說這什麼話，還要我去跟她拌嘴不成？」

　　探春的丫鬟侍書聽了，便出去說：「嬤嬤，妳若還知道點道理，就少說兩句吧，妳要是回老家去，倒是我們的福氣了，就怕妳捨不得走。妳走了，誰來討好主子，折磨我們姑娘呢？」

　　平兒連忙將侍書拉進來，眾人又勸了一下子，好不容易把探春安撫好，才又往李紈、惜春房間裡去。李紈房間沒搜到什麼，只有在惜春的丫頭入畫的箱中找出一大包銀子來。入畫哭訴說是珍大爺打賞她哥哥的，因為怕被好喝酒賭錢的叔叔、嬸嬸拿去，才託老媽媽帶進來給她收著。

　　雖說不是什麼不得了的大錯，但私自傳遞東西仍然不可原諒，惜春還小，不知道該怎麼辦，便讓鳳姐把入畫帶出去，任憑處置。

　　一行人隨後又到迎春房裡搜檢。王大嬸的外孫女司棋正好是迎春的丫頭，所以王大嬸只是隨便查看一

下她的箱子，卻被其他嬤嬤搜查到司棋箱子裡有一雙男子的錦襪和緞鞋，以及一封表哥寫來的情書。情書上寫著送了一個香袋給司棋的事情。這司棋是王大嬤的外孫女，她一心只想抓別人的錯，沒想到反而抓到自己的外孫女，當下又生氣又羞愧，恨不得鑽進地底下去，不敢再多說什麼。

　　鳳姐見夜已深，眾人經過這番搜檢都已疲累不堪，只叫兩個婆子看好司棋，等明日再責罰。誰知鳳姐帶病的身體經過一夜折騰，病勢加重，隔天開始就變得十分虛弱，無法下床。請醫生診視，開了藥方，醫生再三交代要保重。因此，司棋、入畫的事也就暫時沒有處理了。

第十五回 病瀟湘痴魂驚惡夢

中秋過後，王夫人見鳳姐病情稍微好一些，雖還沒完全痊癒，總算可以到處走動了，所以除了命大夫每日診脈服藥外，又問了藥方來調配養榮丸。因為藥方中有上等人蔘二兩，王夫人命人去找，搜尋半天卻只找到幾枝比較細的，王夫人嫌不好，叫人再找，又只找出一大包碎屑。派人去鳳姐那裡問，鳳姐也只有些蔘鬚，又到邢夫人那兒去問，邢夫人碰巧也用完了。王夫人沒辦法，只好親自過來請問賈母，賈母要隨侍的丫頭鴛鴦取出當日用剩的，竟還有一大包，於是秤了二兩給王夫人。

王夫人叫周大嬸帶去大夫家配藥。過不久，周大嬸又拿進來，說：「那一包人蔘，固然是好的，但年代太久，已失了效用。太醫說不用管粗細大小，只是要換一些新的才行。」

王夫人聽了，低頭不語，心想這麼大的賈府竟連二兩上等人蔘都拿不出來！過一會兒才說：「去外頭買

吧。如果老太太問起，就說用的是老太太給的。」

王夫人見四下沒有別人，便又問周大嬸：「前日大觀園搜檢結果如何？」周大嬸早已和鳳姐商議妥當，這時就明明白白說給王夫人聽。王夫人先是吃了一驚，想了想，便吩咐把一些行為不檢的丫鬟都趁機送走，圖個清靜。周大嬸依囑一一辦理。

送走了入畫、司棋後，王夫人親自進園查看，她把寶玉房裡所有丫頭都叫來看過一遍，把幾個容貌美麗、行為輕浮的丫頭都趕了出去。又滿屋子搜檢寶玉之物，凡是不熟悉的東西，都命人收起來。查完，便吩咐襲人等說：「妳們小心！往後再發現有人做出一些自己本分以外的事情，我一概不饒！我找人算過，今年不宜搬遷，過了今年，就馬上給我搬出園去，這樣子我才安心。」說完，茶也不喝，帶領眾人又往別處搜查去了。

寶玉以為王夫人不過是來搜一搜東西，不會有什麼大事，沒想到王夫人居然這麼生氣，還送走許多丫頭。寶玉雖然心如刀割，但王夫人正在氣頭上，他也不敢多言，直到王夫人離去，寶玉再也壓抑不住情緒，倒在床上大哭起來。

寶玉發了一個晚上的呆，襲人催他睡，只聽他在

枕上長吁短嘆，翻來覆去，三更過後，才漸漸睡了。

大觀園經過這次大搜檢，少了很多人。沒多久，寶釵覺得長期寄住在親戚家多有不便，就以薛姨媽需要照料為由，搬出園子。接著，賈赦把迎春許配給孫家，年底就要迎娶，於是邢夫人稟告過賈母，也把迎春接出大觀園。而賈政覺得寶玉天天在園裡不思上進，便叫他到家裡的私塾中讀書，此後寶玉天天到學堂上學，一時園子裡顯得冷清許多。

這天，寶釵派了個婆子送了一瓶荔枝蜜餞來給黛玉，那婆子遞給雪雁，又回頭看看黛玉，笑著說：「怪不得我太太常說：這林姑娘和寶二爺是一對兒，原來林姑娘真像個天仙似的。」

黛玉雖然覺得這婆子很沒禮貌，但因為她是寶釵派來的，不好發脾氣，就只說：「給妳們姑娘說聲謝謝。」

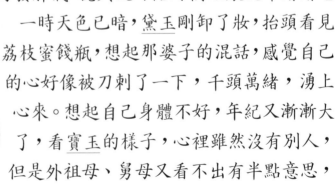

一時天色已暗，黛玉剛卸了妝，抬頭看見荔枝蜜餞瓶，想起那婆子的混話，感覺自己的心好像被刀刺了一下，千頭萬緒，湧上心來。想起自己身體不好，年紀又漸漸大了，看寶玉的樣子，心裡雖然沒有別人，但是外祖母、舅母又看不出有半點意思，

深恨父母在時，為什麼不早早安排好終身大事。又轉念一想，要是父母在時，幫自己在別處定了婚姻，又怎麼能夠遇到寶玉。心裡一上一下，輾轉纏綿，嘆了一口氣，掉了幾滴淚，沒換睡衣就睡了。

不知不覺中，好像聽見某個小丫頭說：「姑娘大喜，南京有人來接。」說著，又看到鳳姐和邢夫人、王夫人、寶釵等都來到面前說：「我們是來道喜，也是來幫妳送行的。林姑爺升了官，娶了繼母，將妳許配給妳繼母的親戚，所以派人來接妳，大概一回到家就要過門了。」說得黛玉嚇出一身冷汗。

黛玉又恍惚看到父親做官的樣子，心裡很著急，又說不出話，哽哽咽咽，恍惚中又像是和賈母在一起，於是抱著賈母的腿，跪下去說：「老太太救我！南邊我是死也不去的。我要跟老太太一起生活。」但賈母卻笑著說：「這不干我的事。做了女人總要出嫁的，一直待在這裡也不是辦法。」黛玉求了半天，賈母總不答應，黛玉知道求也沒用，不如自己尋個了斷，於是站起來，往外就走。

她心裡深痛自己沒有親娘，就算外祖母與舅母姐妹們，平日再怎麼要好，事到臨頭都避得遠遠的。又轉念一想，寶玉呢？今日怎麼就是沒有看到寶玉？或

許見他一面，他就會有辦法，才這麼想，寶玉就出現在面前，笑著說：「妹妹大喜啊！」黛玉聽了更急了，也顧不得避嫌，把寶玉緊緊拉住：「好啊，寶玉，到今天我才知道你也是無情無義的人。」

寶玉說：「我為什麼無情無義？妳既然有了人家，咱們也只好各過各的了。妳要是不想回去，就在這裡住著。妳原本是許配了我，所以才到這裡來，我平常對妳怎麼樣，妳也是知道的。」

黛玉恍惚之間，也以為自己曾許配給寶玉，心內忽又轉悲為喜，對寶玉說：「我跟定你了，你到底要不要我走？」寶玉說：「我叫妳住下，妳要是不相信我的話，就瞧瞧我的心！」說著，拿一把小刀往胸口一劃，把心掏出來，只見寶玉鮮血直流，然後便咕咚一聲，往後倒下。黛玉抱著寶玉拚命放聲大哭，後來就聽到紫鵑叫道：「姑娘，快醒醒！」

黛玉一翻身，原來是一場惡夢，醒來喉間仍哽咽著，心上還是亂跳，枕頭已經濕透，肩背身心一片冰冷，回想夢中情景，她一個人無依無靠，要是寶玉真的死了，那可怎麼辦？想著想著又哭了一回。一會兒咳嗽起來，紫鵑連忙捧著痰盒一旁伺候，勸說：「姑娘，怎麼又咳起嗽來？大概又受風了。現在天還沒完全亮，

紅樓夢

妳再歇歇吧？」黛玉說：「睡不著了。妳不睡嗎？」紫鵑笑說：「天都亮了，還睡什麼呢？」黛玉說：「既然這樣，把痰盒換了吧。」

紫鵑要去倒那痰盒時，借著天光才看見痰中有些血絲，嚇得紫鵑大叫：「哎呀！這還得了。」黛玉問：「怎麼了？」紫鵑瞞著說：「一時手滑，差點打翻了。沒什麼！」說著，心中一酸，眼淚直流下來，連聲音都岔了。

黛玉因為喉嚨間有些甜腥，早懷疑著，這下子聽紫鵑說話聲音帶著酸楚，心中已猜到了八九分。這時探春和湘雲剛好叫丫頭來請黛玉過去，聽說黛玉病了，便趕來探視。

探春、湘雲見到黛玉虛弱的樣子，也很難過。探春說：「姐姐哪裡不舒服？」

黛玉回答：「沒什麼大不了的，只是沒有力氣，感覺身體軟軟的。」

紫鵑在黛玉身後，偷偷的用手指那痰盒兒，湘雲個性直爽，伸手便把痰盒拿過來看，不看還好，看了嚇得驚叫：「這是姐姐吐的？這還得了！」

黛玉聽湘雲這麼說，回頭一看，痰中帶血，一顆心已冷了一半。探春見到湘雲這麼冒失，連忙解釋說：

「這只不過是肺不舒服，帶出一點血絲來，也是常有的事。雲丫頭就是這樣大驚小怪。」

湘雲紅著臉，低頭不語，後悔自己失言。

忽聽外面一個人嚷道：「妳是什麼東西？敢來這園子裡混攪！」黛玉聽見這話，大叫一聲：「這裡住不得！」便昏了過去。

原來黛玉住在大觀園裡，雖仗著賈母疼愛，但自己還是謹言慎行，就怕別人說閒話。這時聽見外面婆子這樣罵著，黛玉竟覺得是在罵她，心想自己一個千金小姐，只因沒了爹娘，寄人籬下，現在又不知是誰指使這婆子來辱罵，她哪受得了，於是暈了過去。

過了好一陣子，黛玉才回過神來，虛弱的指著窗外，一句話也說不出來。探春意會，開門出去，看見那婆子正罵著一個毛丫頭。探春把那老婆子罵了一頓，回到房內，安慰黛玉說：「妳別心煩，只要安心吃藥，多想些開心的事，身子就能一天一天硬朗起來，到時姐妹們再一塊兒作詩，不是很好嗎？」

黛玉哽咽著說：「我哪裡等得到這一天？只怕我活不久了……」

探春說：「不過就稍微不舒服，哪會這麼嚴重了。妳好好歇著，要什麼儘管告訴我。」又勸慰了一回，

才和湘雲一同出去了。

　　寶玉聽說黛玉病了，趕緊打發襲人來打聽，紫鵑把夜間和剛才的事情說了。襲人說：「怎麼會這樣呢？寶玉昨晚也把我嚇得半死！昨天寶玉睡到半夜突然一直叫著心疼，嘴裡胡說八道，只說好像刀子割去了似的，直鬧到天亮才好一點。今天沒辦法去上學，還請大夫來看了。」正說著，只聽黛玉在帳子裡又咳嗽起來，紫鵑連忙捧著痰盒過去，襲人也跟到床前問候，黛玉說：「沒什麼事！妳們別大驚小怪。」又問：「剛才說誰半夜心痛起來？」襲人說：「寶二爺不過夢裡胡說的，不是真怎麼樣。」黛玉知道是襲人怕她擔心，便點點頭，又說：「別跟寶玉說我病了，免得他掛心。」襲人答應，又安慰了幾句才告辭。

　　黛玉病著，想要點東西，卻又不好意思開口，紫鵑便瞞著黛玉私下託周大孃向鳳姐央求，想先支用下個月的月錢。

　　鳳姐頭低了半天，對周大孃說：「這樣吧，我送她幾兩銀子用，也不必告訴林姑娘。但是這月錢卻是不好預支的，一個人開了例，要是日後大家都支起來，那怎麼辦呢？況且妳也知道，近來這錢銀出去的多，

進來的少，不知道的人，說是我沒管理好，還有愛說閒話的，說我把錢搬回娘家去了。」

周大嬸說：「真的太委屈了！這麼大的家族，只有奶奶這樣用心當家的人才撐得起來。前幾天，我丈夫回家來，說外頭的人在討論我們府裡不知多有錢呢。還有歌是這樣唱的：寧國府，榮國府，金銀財寶如糞土。吃不窮，穿不窮，算來——」說到這裡，周大嬸突然停住。原來那歌的最後說：「算來總是一場空。」周大嬸突然想到這話不好，便不敢往下說。

鳳姐兒心裡明白，一定是不好的話，所以也不再追問，就叫平兒秤了幾兩銀子，遞給周大嬸說：「這些妳先拿給紫鵑，只說我給她添補買東西的，別提月錢的事，她是個伶俐的人，自然明白我的意思。」周大嬸領命去辦理。

寶玉、黛玉還病著，又傳來賈妃身體不適的消息，賈母等奉召入宮探望她，在床前探望一回，便辭了出來。

第十六回　寶玉始提親，黛玉險斷魂

　　不久，賈妃的病好了，派人送來賞賜，賈政到賈母房中稟明此事。賈母對賈政說：「娘娘心中最惦記的人就是寶玉了。如今他也大了，你們該留神找一個好孩子讓他定下。」賈政雖然覺得寶玉沒學好，只會耽誤了好女孩，卻也不敢違逆賈母，唯唯諾諾的答應了。離開賈母房裡，賈政回到大廳和那些客人閒談，說起剛才的話來。一個新來的客人笑說：「正巧張大老爺家有一位小姐，功德容貌俱全，而且還是邢夫人的親戚。若晚生去說，保證一說就成。」賈政聽了，又坐了一會，便進來對王夫人說，要她去問問邢夫人。

　　隔天邢夫人來賈母房間請安。王夫人把此事稟告賈母，並且請教邢夫人這親戚平常為人怎麼樣。邢夫人說：「張家雖然是我的親戚，卻已經很久沒有往來了。不過我倒是聽說這姑娘十分嬌生慣養，而且張大老爺只有這個女兒，不肯嫁出去，怕人家公婆嚴，姑娘會

受委屈，因此一定要女婿入贅在他家。」

賈母不等邢夫人說完便說：「入贅是不可能的，我們家寶玉，別人服侍他還不夠，怎麼可能去服侍別人！」又吩咐王夫人告訴賈政，不能答應張家的親事。

鳳姐在一旁聽見了，笑著說：「我當著老祖宗、太太們面前說句大膽的話，我們家就有天配的姻緣，哪裡還需要到別處去找呢？」

「在哪兒？」賈母問。

「一個『寶玉』，一個『金鎖』，老太太怎麼忘了？」

賈母一聽，笑說：「倒是我糊塗了！」賈母心裡也是喜歡寶釵的，便對王夫人說：「明天妳們去看姨太太，跟她說說這件事。」

寶玉的親事才只是說說，卻攪得黛玉差點丟了性命。這天，黛玉自己悶悶的在床上坐著。紫鵑見她這樣，猜想大概又是什麼事情觸動了她的心事，走出最裡面的房間，看見雪雁一個人坐在那裡發呆，便問：「難道妳也有心事嗎？」雪雁只顧發呆，沒有注意到紫鵑走過來，倒被她嚇了一跳，便說：「妳別說這麼大聲！」說著，翹起嘴巴嘟向屋裡，示意叫紫鵑跟她出來，等走到門外才悄悄的說：「妳聽說了嗎？寶玉定親了！」

紫鵑聽見，大吃一驚，說：「這是從哪裡聽來的，不會是真的吧？」

　　雪雁說：「哪裡不是真的？大概只有我們不知道。我聽侍書說的，好像是個門客來說親的，聽說那個人家世也好，人品也好。」正說著，突然聽見鸚鵡學著說人話：「姑娘回來了，快倒茶來！」把紫鵑、雪雁嚇了一大跳，走進屋內，只見黛玉喘吁吁的剛坐上椅子說：「妳們兩個跑到哪裡去了？叫了半天都沒有人回應。」說完，也不要茶水，便走到炕邊，叫紫鵑、雪雁出去，便又倒回炕上。

　　黛玉原本就心事重重，偷聽了紫鵑和雪雁的一番話後，一時千愁萬恨湧上心頭，左右打算，不如早點死了，又想到自己沒有爹娘的痛苦，便決定開始糟蹋自己的身體。

　　黛玉打定主意之後，每天茶飯無心，身體一天比一天更虛弱了。寶玉每天從學堂下課回來，時常抽空來問候她，只是黛玉雖然有千言萬語，卻因為年紀已長，不能像小時候可以柔情挑逗，所以滿腔心事，卻說不出來。寶玉想用真心話來安慰，又怕黛玉生氣，而加重病情，因此兩人見面時，只能聊一些表面的話，顯得非常生疏。

紅樓夢

　　黛玉雖然有賈母、王夫人和其他姐妹的關心，但她們能做的也只是幫忙請醫生來看診，大家只知道黛玉常生病，哪裡知道她其實是心病？紫鵑等人雖知真相，卻沒有人敢提起。半個月之後，黛玉已粒米不進，有時昏暈，有時清醒，白天醒來聽見任何談話，都像是在說寶玉娶親的事；看見怡紅院的人，無論上下，都像在辦寶玉的婚禮；只要薛姨媽來看她，卻沒有看到寶釵，就越覺得寶釵正在準備結婚的事情，睡夢之中還常常聽見有人叫「寶二奶奶」……如此杯弓蛇影，索性不讓別人來探望她，只希望自己快點死去。

　　這天，黛玉漸漸體力不支，紫鵑看到她這樣，以為她沒有救了，哭了一會兒，便叫雪雁守著黛玉，她要去稟告賈母、王夫人等。

　　紫鵑離去後，雪雁見黛玉昏昏沉沉，以為這就是快要死掉的樣子了，心裡又心痛又害怕。剛好探春叫侍書來看黛玉，雪雁看黛玉已病到不省人事，便問侍書：「妳之前告訴我，老爺的客人來幫寶二爺說親，是真的嗎？」

侍書說：「當然是真的，不過沒定下來。我聽二奶奶說，那客人想藉著這件事情討好老爺。大太太說不好，而且老太太心裡早有人了，就在咱們園子裡。二奶奶又說：寶玉的婚事，老太太終究是要親上加親的，誰來說親都沒用。」雪雁聽到這兒，便喃喃自語：「怎麼會這樣？真是平白送了我們姑娘的命！」

黛玉病勢雖重，其實腦袋還是很清醒，侍書的話她都聽在耳裡，明白之前的事情沒有談成功，而且侍書說的在園子裡的，親上加親的人，不是自己那又是誰？黛玉心中疑團一破，已經沒有尋死的意志了，於是要來水，喝了兩口，也能勉強說幾句話。

過了些日子，雪雁見到黛玉病情好了大半，便向紫鵑說：「幸虧她好了！只是她這次病得奇怪，好得也奇怪。」紫鵑說：「我覺得病得倒不怪，好得卻很怪。不過我想寶玉和姑娘註定會結為夫妻的，人家說好事多磨，上一次我說林姑娘要回去，把寶玉急死了，鬧得家裡一團亂，如今這一句話又把姑娘弄得死去活來。」雪雁笑說：「我們以後都別再說了！今後就算我親眼看到寶玉娶了別人家的姑娘，我也不會再說一句話。」

其實不只是紫鵑、雪雁在私底下說，府內眾人也都知道黛玉病得奇怪，也好得奇怪，三三兩兩，議論紛紛。過沒多久，連鳳姐兒也知道了，邢、王二位夫人也有些疑惑，倒是賈母大概猜到了原因。

賈母說：「我正要跟妳們提這件事。寶玉和林丫頭是從小吃住在一塊的，從前我覺得他們還是小孩子，沒什麼好怕的，後來卻常聽到林丫頭忽然病、忽然好，我想應該是因為他們長大了，有感情了。如果讓他們繼續生活在一起，可能不太適合。妳們怎麼說？」

王夫人愣了一下說：「林姑娘比較懂事，寶玉倒是呆頭呆腦，不知道應該避嫌。但是現在如果突然把哪一個遷出園子，不就露了痕跡？」

賈母皺一皺眉說：「林丫頭心思細膩，雖然這是她的優點，但我不想把林丫頭配給寶玉，也是為了這個原因，況且林丫頭這麼虛弱，恐怕不會長壽。只有寶丫頭最合適。」

王夫人說：「不但老太太這樣想，我們也是。但我

們也得幫林姑娘說親才好，不然女孩子長大了，誰沒有心事？如果她真的和寶玉有私心，知道寶玉定下寶丫頭，那會出人命的。」賈母說：「當然先給寶玉娶親，然後再給林丫頭說人家。只要別讓林丫頭知道寶玉定親的事情，就不會有事了。」

鳳姐一聽，便吩咐眾丫頭們：「寶二爺定親的事，不許說出去。若有哪一個敢多嘴的，小心被扒皮！」

王夫人說：「前幾天去看薛姨媽，向她說了這親事，薛姨媽倒也十分願意，只是寶釵沒了父親，還得和蟠兒商量之後再辦。但蟠兒現在不在家，得等他回來。」

賈母說：「這也是合情合理。既然這樣，大家先別提，等姨太太那邊定了再說。」

誰知道親事還沒說定，寶釵卻先病了。王夫人聽說薛家很多事情都靠寶釵打理，便心疼的跟賈政說：「辛苦這孩子了，既然早晚是我們家的人了，應該早點娶過來照顧才是，別讓她糟蹋了身體。」

賈政說：「我也這麼想。但是，就快要過年了。不如今年冬天先下定，等到明年春天過了老太太生日，就定日子娶。妳先問問薛姨太太的意思。」

王夫人便把這些話轉告給薛姨媽聽。薛姨媽想這樣也好，便問寶釵：「妳姨媽開口，提了妳和寶玉的親

事，但我還沒答應，只跟他們說要等你哥哥回來再確定。媽媽倒想先問問妳願意不願意？」

寶釵一聽認真的說：「媽媽這話說錯了，女孩子家的事情是父母做主，如今父親過世了，就應該由媽媽做主，再不然也應該問哥哥，怎麼問起我來了？」說完便又低頭專心做事。薛姨媽見她如此懂事，更加疼惜不捨，心頭哽咽，一句話也說不出來了。

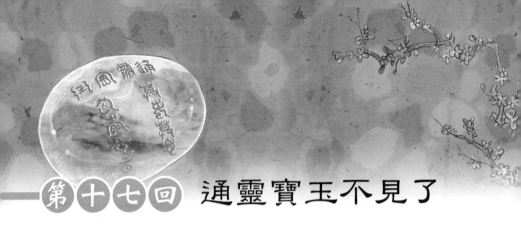

和薛家的親事算是說定了，但寶玉卻渾然不知，從學堂下課後仍舊不認真用功。夜裡，怡紅院內一株海棠冒了花苞，隔天開了滿樹的花。這春天才開的花，竟在秋天開了，丫頭們覺得很新奇，便沸沸揚揚的傳開了，惹得賈母也想去瞧瞧。

寶玉本來在家歇息，看見花開便出來觀賞，後來聽說賈母要來，趕緊進去換衣服。寶玉摘下通靈寶玉隨手放在炕桌上，換上衣服後便出來迎接賈母。

一時，賈母、邢夫人、王夫人、李紈等姐妹都來了。黛玉聽說，也叫紫鵑扶自己到怡紅院來，來時老太太已經坐在寶玉常臥的榻上了。

大家說笑了一回，話題都圍繞在海棠花開得很古怪這件事情上。賈母說：「這花應該在三月開，現在都已經是十一月了。我猜大概是最近的天氣比較暖和，因此開花。」

邢夫人說：「我聽說這花已經枯了一年，這時候開

一定有什麼其他原因。」

李紈笑說：「我看一定是寶玉有喜事，此花先來報信。」

黛玉聽是喜事，高興的說：「我說個故事給你們聽，從前田家有一棵荊樹，因為聽說兄弟三人要分家便枯萎了，後來兄弟們被荊樹感動，決定不分家，那荊樹也就恢復成以往的樣子了，可見草木也會隨人的變動而產生變化。如今二哥哥認真讀書，舅舅喜歡，那棵樹也就開花了。」賈母聽了心中歡喜，命人擺下酒席，一面賞花，一面吟詩作樂。只有探春不說話，心裡想著：「這花不合花時而開，必有不祥。」

賈母坐了半天才回去，眾人也一起離開了。等到賈母回去，襲人見寶玉脖子上沒有戴著通靈寶玉，便問：「那塊玉呢？」寶玉說：「剛才忙亂換衣，摘下放在炕桌上，所以沒有帶。」

襲人回頭看桌上，並沒有玉，在屋內各處找尋，蹤影全無，嚇得襲人滿身冷汗。

襲人以為其他丫頭把玉藏起來嚇她，便笑著說：「玩也要有個限度，你們把東西藏到哪裡了？如果真弄丟了，大家就都不用活了。」

丫頭們也都正經的說：「妳怎麼這麼說？玩是玩，

鬧是鬧，此事非同小可，妳可別亂說。快想想放到哪兒去了。」

襲人看她們的樣子，不像是在開玩笑，著急的各處搜尋，翻箱倒櫃，卻遍尋不得，想起剛才來的這些人，便偷偷分頭去追問，卻人人不曉，個個驚疑。襲人急得只是乾哭，又不敢稟告上頭，怡紅院裡個個嚇得像木雕泥塑一般。

後來鬧到王夫人知道了，問鳳姐有沒有什麼對策，鳳姐說：「我們家人多手雜，偷玉的人如果被查出來，一定是死無葬身之地，那個人要是著急了，反而毀了證據，那時要到哪去找？我看，還是叫大家口風緊一點，先別讓老太太、老爺知道，只說那玉是寶玉不小心弄丟了。表面上這麼說，私底下再派人暗暗查訪，哄騙出來，那時寶玉也可得，罪名也可定。」

王夫人聽了，心想也只有這個辦法了，便吩咐眾人說：「一定還有沒找過的地方，好端端在家裡，難道會飛了不成？你們不許聲張，限襲人三日內找到，要是三天還找不到，那時瞞也瞞不住，大家也別想安靜過日子！」

襲人心裡驚慌，到處翻找，連一塊石頭也不放過，卻怎麼找都找不到，回到院中，寶玉也不問找到了沒

紅樓夢

有，只知道傻笑。可憐的襲人哭一回，想一回，一夜無眠。

這時只有黛玉想起「金玉」的舊話來，反而心中歡喜，想著：「若『金玉』真是有緣，那寶玉怎會把這玉丟了呢？搞不好是因為我而拆散他們的金玉良緣也不一定。這塊玉是從娘胎裡就有的，不是尋常之物，來去自有關係。若今天海棠開花是好事，就不應該失了這塊玉啊！看來此花開得不祥，莫非有不吉之事？」如此一喜一悲，一直想到天快亮了才睡著。

隔天一早，王夫人派人到處查問，鳳姐暗中設法找尋，一連鬧了幾天，都沒有通靈寶玉的下落，幸好賈母、賈政還不知道。襲人等人每日提心吊膽，寶玉也好幾天不上學，只是呆呆的不說話，像是失了魂似的。

一天，賈政忽然進來，滿臉淚痕的對王夫人說：「快去稟知老太太，聖旨要我們即刻進宮！娘娘忽然病重，太醫說已經不能醫治了。」

王夫人一聽，便大哭起來。賈政說：「這不是哭的時候，快去請老太太，不要說的太嚴重，以免嚇壞了老人

家。」

　　王夫人立即稟告賈母，兩人遵旨趕忙進宮。此時賈妃已經奄奄一息，不能言語，見了賈母，滿臉悲泣，卻流不出眼淚。眾人探望過後退下，在外等候。不久，小太監出來傳話，說：「賈娘娘病逝。」賈母只能悲傷起身，出宮返家，賈政等人也已經得到消息，全家大哭。隔天，全國的高級官員，皆按國喪之禮進宮哭喪。

　　賈府男女，因為這件事情天天進宮，百般忙亂。只有寶玉原本就沒有正當的職務，又不喜歡念書，老師知道他家裡有事，也不來管他讀書，賈政正忙，自然沒有空考查他，這樣一來，寶玉豈不是可以趁機和姐妹們天天玩樂？不料自從失去寶玉之後，他終日懶得走動，說話也糊塗了。如果賈母等人回來，有人叫他去請安，他便去；沒人叫他，他就不動。襲人和其他丫頭自己也有心事，不敢去招惹他，怕他生氣，每天茶飯，端到他面前他就吃，不端來他也不會要求。

　　襲人看寶玉這個樣子，不像是生氣，倒像是有病。她抽空到瀟湘館，請黛玉去開導寶玉。但黛玉以為自己快要和寶玉結婚了，如今見了面，反而覺得不好意思，因此不肯過去。

　　襲人又背地裡去找探春，探春心裡知道海棠開得

怪異，通靈寶玉失得更奇，接著元妃姐姐病逝，看來是家道不祥，她日日愁悶，哪有心情去勸寶玉？所以探春也不去。

至於寶釵，自從和薛姨媽談過婚事後，「寶玉」二字便不再提起，如今聽寶玉失玉，雖是驚疑，但又不好意思問，只能任由旁人去說，這樣一來寶玉的事竟然像和自己沒關係一樣。

可憐的襲人，在寶玉跟前低聲下氣服侍，寶玉卻渾然不懂，她也只有暗暗著急。

過了幾天，為了辦賈妃的身後事，賈母等人送殯出去了幾天，寶玉卻一天比一天失神，不發燒，也不疼痛，只是吃不像吃，睡不像睡，甚至說話都沒頭沒腦。鳳姐過來看過幾次，除了請醫生來看，也不知道如何是好。

等到賈妃的事辦完，賈母想念寶玉，親自到園子來看視，寶玉雖然生病，行動還自如，叫他向賈母請安，他依然請安，只是需要襲人在旁扶著。但賈母一下子就瞧出不對勁了。王夫人知道事情已經瞞不住，只好把失玉的事說

了。

　　賈母聽了，急得眼淚直流，說：「這塊玉，如何能丟啊！這是寶玉的命根子，因為丟了，他才這麼失魂喪魄的。」接著又說：「叫璉兒在之前寶玉經過的地方貼出告示，就說：撿到送來的人，賞一萬兩；如有報信而尋獲的人，送銀五千兩。」

　　為了親自照顧寶玉，賈母叫人把寶玉平日使用的物品收拾了搬到她那兒，吩咐襲人跟過來。寶玉聽了，也不說話，只傻傻的跟著賈母回房。

　　賈政聽說此事，嘆氣說：「家道該衰，偏偏生出這個孽子！他出生的時候，滿街的謠言，隔了十多年才好一點，現在又大張旗鼓的找玉，成何體統！」但賈政知道是賈母的意思，又不敢違背，只能叫人瞞著賈母，背地裡把告示撕了。這玉竟就這麼憑空消失，寶玉也就這樣神智不清的病著。

第十八回　苦絳珠魂歸離恨天

　　賈妃病逝，寶玉失玉痴傻，王夫人也因此病了，接連的不幸，讓賈家籠罩在一片愁雲慘霧中。幸好此時傳來賈政升官的好消息。皇上念著賈政居官勤儉謹慎，便提拔他外任江西糧道，不久便要起程就職。

　　賈母叫來賈政，對他說：「再不久你就要赴任，我有話要跟你說，但不知道你聽不聽？」說著掉下淚來。

　　賈政忙站起來，說：「老太太有話，只管吩咐，兒子怎麼敢不遵命？」

　　賈母哽咽的說：「我是八十幾歲的人了，你又要外任去，不知道什麼時候才能回來一趟。我最疼的只有寶玉一個人了，偏偏他現在又病得糊塗。昨天我叫人去找一個很靈的算命先生，他說要娶了金命的人來幫寶玉沖沖喜才會好，不然，恐怕連命都保不住了。我知道你不信這些話，所以找你來商量。」

　　賈政聽了，也不禁紅了眼眶。他想：「自己也是快六十歲的人了，如今又得在外任官，老太太最疼的就

是寶玉，如果寶玉有個差錯，自己豈不是落得不孝罪名？」又看到王夫人淚眼婆娑，心裡其實也是捨不得寶玉的，於是說：「老太太怎麼決定，我便怎麼做就是了。只是貴妃病逝，寶玉得服九個月的喪，現在不能娶親。再者，我起身的日期已向聖上奏明，也不能耽擱。我在家的日子只剩這幾天，怎麼辦這婚事呢？」

賈母想了想說：「你若願意幫他辦呢，我自然有辦法。服喪期間，本來就不能娶親，況且寶玉病著，也不可能叫他成親，不過是沖沖喜而已。至於姨太太那兒，我和你媳婦親自去求她，就說是要救寶玉的命，只好請寶丫頭將就一下。這幾天趕快挑個好日子，用八人大轎抬過來，一樣照規矩拜堂。說不定寶丫頭一來，她的金鎖就招出他那塊玉來，這樣不是皆大歡喜嗎？等到寶玉好了，服喪的禮也完了，再擺席請人。」

賈政聽了，不敢違逆賈母，便趕緊按照賈母的想法去做。

襲人在內房把這些話聽得一清二楚，寶玉的大事底定，賈母的安排自己倒喜歡，但又不禁憂心：「寶玉的心裡只有林姑娘，若知道娶的是寶姑娘，不知會鬧到什麼樣子？若是他不省人事還可行，若是神智稍微清醒一些，不但不能沖喜，反而是催命了。我再不把

話說明了，豈不是害了三個人？」於是她悄悄把王夫人請到後房，把寶玉的心事說清楚。

賈母以為是寶玉有什麼話說，所以也不理會襲人，繼續和鳳姐商議事情，不久之後看到王夫人回來，便問：「襲人丫頭是跟你說什麼，幹嘛這麼鬼鬼祟祟的？」王夫人便把寶玉和黛玉之間的感情細細說明。賈母聽了，嘆了一口氣：「若寶玉真是這樣，那這沖喜的事該怎麼辦？」

鳳姐想了一想，出了個主意：「依我看，這事只有掉包才能解決。不管寶玉明白不明白，我們找個時間叫大家吵鬧起來，就說是老爺做主，將林姑娘配給他了，試試他神情如何，要是沒反應，就不用掉包；若是有歡喜的意思，那就得多費心思了。」隨後便悄聲的將她的計畫說了一遍。

賈母笑著說：「這麼做也好，只是又委屈寶丫頭了！而且要是林丫頭知道，那又怎麼辦呢？」

鳳姐說：「這話只說給寶玉聽，外頭一概不許提起，又會有誰知道呢？」說完，環顧房裡丫頭，嚴厲的說：「誰都不許走漏一個字！」

於是這樁親事就在寶玉、黛玉不知情的情況下暗中進行。無奈百密總有一疏……

一日早飯後，黛玉帶著紫鵑要到賈母那邊去請安。才走出瀟湘館不久，想起忘了帶手絹，便叫紫鵑回去拿，自己慢慢走著等她。才剛走到之前她和寶玉一起葬花的地方，就看到一個丫頭嗚咽的哭著，黛玉問：「好好的怎麼在這兒傷心呢？」

那丫頭抽抽噎噎的說：「林姑娘，妳評評理，就算我說錯一句話，也不用打我啊！」

黛玉不懂她說的是什麼，便問：「妳說錯了什麼話？」

那丫頭說：「就是寶二爺娶寶姑娘的事啊。」

黛玉聽了這話，整個人像是被疾雷打到一樣，打得她心頭亂跳。勉強定了定神，又問她：「妳說了寶二爺娶寶姑娘的事，為什麼要打妳呢？」

那丫頭說：「老太太、太太和二奶奶商量了，因為老爺要出門任官，所以要趕快跟姨太太說把寶姑娘娶過來的事，一來可以給寶二爺沖沖喜，二來──」說到這兒，丫頭看著黛玉笑了一笑，才繼續說：「還要給林姑娘說婆家呢。」

黛玉整個人已經傻住了，這丫頭

卻只是自顧自的說：「我不知道她們不准讓人說這件事情，所以說了一句：『我們府裡明天要更熱鬧了，寶姑娘一下子變成了寶二奶奶，該怎麼叫她才好呢？』林姑娘，妳說我這話有說錯嗎？沒有說理由就打我！」說著，又哭起來了。

　　黛玉此時心裡，像是油兒、醬兒、糖兒、醋兒都倒到一塊兒，酸甜苦辣說不出是什麼味道，停了一會兒才虛弱的說：「妳別再說了，等一下被人聽見，又要打妳了。」說著，轉身要走回瀟湘館，身體竟然像是有千百斤重，兩隻腳卻像踩著棉花一樣，軟弱無力的拖著步伐回去。

　　紫鵑拿了手絹走過來，只見黛玉雙眼呆滯，臉色蒼白，失魂落魄的樣子，趕緊上來扶著她，輕輕問：「姑娘，妳要去哪兒？」黛玉只模糊聽見，隨口應著：「我要去問寶玉。」紫鵑聽了，不知道發生了什麼事，只好扶著她往賈母這邊來。

　　黛玉到了賈母門口，倒也奇怪，不像先前那麼軟弱，也不用紫鵑攙扶，自己走進房去。寶玉在那坐著，看見黛玉來了也不起身讓坐，只看著黛玉傻笑。黛玉也不理旁人，自己坐下，看著寶玉笑。兩人不問好，不說話，就只是對著對方傻笑起來。

忽然，黛玉說：「你為什麼病了？」寶玉笑：「我為林姑娘病了。」襲人、紫鵑嚇得臉色大變，連忙要轉開話題。寶玉和黛玉卻又不說話，仍舊傻笑著。襲人知道黛玉此時和寶玉一樣心裡糊塗，便要紫鵑送黛玉回房歇著。紫鵑點點頭，過來扶黛玉，黛玉也就站起來，但還是看著寶玉一直笑，一直點頭。

紫鵑催說：「姑娘，回房去歇歇吧。」黛玉笑著說：「是該回去了。」說著，便笑著走出來。

黛玉一路走得飛快，也不用人攙扶。紫鵑在後面趕忙跟著，眼見快到瀟湘館了，鬆了口氣說：「阿彌陀佛！可到了！」這句話還沒說完，黛玉身體就往前一跌，「哇」的一聲，一口血噴了出來！

原來黛玉今天聽見寶玉、寶釵的事，觸發了多年以來的心病，一時急怒，所以迷惑了本性，回來吐了這一口血，心裡反而明白了，模糊想起那丫頭的話來，心想：「寶玉寶玉……前世欠你的，我這就還了！」黛玉此時反而不傷心，只希望自己趕快死，以了結這情

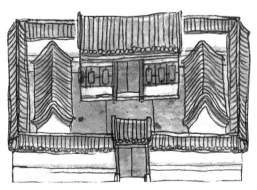

債。於是黛玉又開始糟蹋身體，整天不吃不喝，昏昏沉沉躺著。眾人得知黛玉病了，自賈母到姐妹們的丫頭，都常來問候，也常請大夫來醫治，卻都不見起色。賈母見黛玉的精神不好，氣息微弱，便私下交代鳳姐：「不是我詛咒她，我看這孩子的病是很難好了。妳們早點準備，就算真的怎麼樣，也不至於臨時手忙腳亂。這兩天家裡正有事，可別耽誤了時辰。」鳳姐連聲答應，吩咐人去辦，接著又對賈母說：「老太太，我看還是得先試一試寶玉到底清不清醒。」

隔天，鳳姐吃了早飯來到賈母上房，便要試試寶玉。她對寶玉說：「寶兄弟大喜，老爺擇了吉日，要給你娶林妹妹過來，好不好？」

寶玉大笑起來，鳳姐也搞不清楚他到底是明白還是糊塗，又問：「老爺說，你好了就給你娶林妹妹，但若還是這麼傻就不讓你娶了。」

寶玉突然正經八百的說：「我不傻，妳才傻呢？」接著就站起來說：「我要去見林妹妹，讓她放心。」鳳姐忙攔住他，說：「林妹妹早就知道這件事了，她現在要做新娘了，很害羞，不會見你的。」

寶玉笑著說：「到時候娶過來，看她見不見我？」
鳳姐又好笑，又擔心，心想：「襲人說的果然沒錯。一
提到林妹妹，雖然還是說些瘋話，卻好像比較清醒。
看來還是得用掉包的辦法。」突然又聽見寶玉說：「我
的心之前已經交給林妹妹了，她要過來，正好幫我帶
來，放回我的身體裡面。」鳳姐哪裡知道日前黛玉和
寶玉作的夢，以為這是瘋話，吩咐襲人好好看顧寶玉，
便往薛姨媽那裡去了。

當晚，薛姨媽過來，鳳姐說：「如今老爺要起身外
任，這一去不知幾年才回來，老太太的意思是，一來
讓老爺看著寶玉成家比較放心，二來也給寶玉沖沖喜，
借寶妹妹的金鎖壓壓邪氣，說不定寶玉的病就好了。」

王夫人也在一旁頻頻勸說。薛姨媽心裡也是願意，
只擔心寶釵受委屈，但看這樣子，不答應也不行。大
事已定，寶玉的親事就這樣瞞天過海的辦著。

賈府的人送禮過去，過禮回來，都不提姓名，雖
然大家都知道新娘是誰，但沒人敢走漏風聲。

黛玉的病一天比一天嚴重，紫鵑和其他人一天跑
三、四趟去向賈母報告黛玉的病情，但鴛鴦卻覺得賈
母近日對黛玉的疼愛比從前少了一些，所以不常去稟
告，而賈母現在又將所有心思都放在寶玉、寶釵身上，

所以也不太留意有沒有黛玉的消息。

　　賈府上下正忙著，都沒有人來關心黛玉。黛玉睜開眼，看見紫鵑，氣息微弱的對她說：「妹妹，妳是我最知心的人，我把妳當親妹妹──」說到這裡，一口氣又接不上來。

　　紫鵑一聽，早哭得說不出話來。見黛玉掙扎著要起來，她趕緊上前，把黛玉扶起，兩邊用軟枕靠住，自己倚在她的旁邊，雙手扶著。黛玉喘著氣叫雪雁拿她的詩本子過來，雪雁趕緊找來送到黛玉面前。黛玉點點頭，又抬頭看著箱子。雪雁不了解黛玉的意思，只是呆呆的看著黛玉。黛玉氣得兩眼直瞪，咳嗽起來，又吐了一口血。紫鵑拿絹子給她擦嘴，黛玉便拿著絹子指著箱子，卻喘得說不出話來。垂了手，閉了眼。

　　紫鵑猜想她是要絹子，便要雪雁拿一塊白綾絹子來，黛玉瞧了，丟在一旁，用盡全力的說：「有字的！」

紫鵑這才明白是要寶玉送她的題詩舊帕，趕緊叫雪雁拿來。黛玉接到手裡，也不看，掙扎著想要撕破絹子，然而身體卻不由

自主的抖了起來，哪裡撕得動？紫鵑知道她是恨寶玉，也不說破，只說：「姑娘，何必這樣自己氣自己！」

黛玉微微的點點頭，示意雪雁點上燈，又叫雪雁把火盆挪到炕上來，雪雁只好先端火盆上炕，再出去拿別的火盆進來暖桌子。黛玉把絹子拿在手中，看著火，點了點頭，便將絹子往火裡丟。

紫鵑嚇了一跳，想要去搶，那絹子卻已燒起來了，紫鵑勸說：「姑娘，妳這是何苦呢？」

黛玉根本沒聽見，回頭又拿起詩稿，瞧了瞧，又放下。紫鵑怕她把詩稿燒掉，便讓黛玉靠著自己的身體，騰出手想去拿詩稿，沒想到黛玉卻直接把詩稿丟進火裡去，紫鵑碰不到，只能乾著急。此時雪雁從外頭進來，剛好看見黛玉雙手一甩，不知甩掉什麼，那東西碰到火就點著了，雪雁顧不得會燒到手，就從火裡把紙抓出來，丟在地上亂踩，卻已經燒得所剩無幾了。

黛玉眼看自己和寶玉過去的深情見證都被火燒得差不多了，便把眼睛一閉，身子往後一仰。心，死了，卻一滴淚也沒有。

為了瞞過黛玉，不僅賈府上下不許提寶玉娶親之事，就連新房也遠遠的避開瀟湘館。新房內，鴛鴦被、合歡枕雙雙對對；雙喜紅燭明晃晃，照得新房喜氣洋洋，就像此刻寶玉的心情。寶玉雖然因為失玉變得痴傻，但聽見要娶黛玉為妻，對他來說，就像是從古至今、天上人間第一件暢快滿意之事，身體頓時覺得有活力了起來，巴不得立即看見黛玉。好不容易盼到完婚之日，他手舞足蹈，不停問襲人：「林妹妹住得這麼近，為什麼這麼久還不來？」襲人忍著笑說：「在等好時辰呢。」

　　外頭，鳳姐一邊打點著絲竹樂隊，一邊安排十二對提燈人員，又看了看那八人大轎，紅豔豔的轎簾映得鳳姐雙頰緋紅。鳳姐正得意自己安排妥適，才突然

想起：「要是新娘旁邊站的不是紫鵑，難保寶玉不會發現，那可壞了大事！」便急急叫來平兒和總管，悄悄囑她們去看看黛玉的情況，順便帶紫鵑過來，而且依然不能洩漏風聲。

平兒和總管急急忙忙來到瀟湘館，才到門口就聽見裡頭一片哭聲，猜想一定是黛玉病危了。走進門來，見李紈也在，平兒說：「奶奶不放心，叫我來看看。既然有大奶奶在這裡，想我們奶奶也安心。」李紈意會的點點頭。平兒又說：「我也見見林姑娘。」說著，已流下淚來。

李紈對那總管說：「妳來的正好，快出去吩咐預備林姑娘的後事。」那總管點點頭，卻還是站著。李紈又問：「還有什麼話說嗎？」總管說：「剛才二奶奶交代那邊要紫鵑姑娘使喚。」

李紈還未答話，紫鵑就說：「您先請吧，等人死了，我自然出去，用得著這麼急嗎？現在我只想守著姑娘，哪裡也不去！」說完，眼淚又像斷線的珍珠，滴滴答答。

李紈知道鳳姐找紫鵑過去的用意，連忙打圓場說：「林姑娘和紫鵑這丫頭是前世結的緣，一時走不開。若真要使喚人，叫雪雁去吧！」

說到一半，平兒擦著眼淚走出來，聽見如此，便和雪雁一起回去了。

　　這邊寶玉等得不耐煩，一直吵著要去找黛玉，襲人正勸阻不住，就聽到絲竹樂聲響起，寶玉開心的說：「林妹妹來了！」

　　只見大轎從大門進來，家裡絲樂迎出去，十二對宮燈排著進來。喜婆扶著蒙著蓋頭的新人進來，另一邊幫忙扶著的人正是雪雁。寶玉看見雪雁，一陣狐疑：「怎麼不是紫鵑呢？」接著轉念一想：「也對啦，雪雁是她南邊家裡帶來的，當然是雪雁當喜娘。」因此，見了雪雁竟然像見了黛玉一樣開心。拜了天地，又請出賈母、賈政夫婦受拜，行禮完畢，送入洞房。鳳姐擔心寶玉還是有些傻氣，便請了賈母、王夫人進房照應。

　　進了新房，寶玉看到坐在床沿的新人，便走到新人跟前說：「妹妹，身體有沒有好一點？好幾天不見了，妳蓋這紅布做什麼？」說著，就想伸手揭開，但又想到黛玉平常愛生氣，不敢亂動，收手歇了一會兒，還是忍不住，上前揭了蓋頭。

紅樓夢

204

寶玉睜眼一看，好像看到寶釵，心裡不相信，便一手持燈，一手擦眼再看，的確是寶釵。寶玉發了一下呆，又看到鶯兒站在旁邊，雪雁卻不見了，心裡一下子沒了主意，反以為自己在作夢，呆呆的站著。過一會兒，定了定神，看到賈母、王夫人坐在旁邊，便輕聲問襲人：「坐著的這一位美人是誰？」

襲人掩嘴，笑得說不出話來，半天才說：「那是新娶的二奶奶。」

「二奶奶是誰？」

「寶姑娘。」

「那林姑娘呢？」

「老爺做主娶的是寶姑娘，你別亂說了。」

寶玉聽了，腦子糊塗的更屬害了，便也不顧別人，口口聲聲說要找林妹妹去。賈母等人安撫了半天，寶玉才睡下。寶釵只是默默無語，衣服沒換便在床上躺著暫時休息。

黛玉昏昏沉沉了大半天，只剩下一絲微弱的氣息，到了晚間，卻又稍微好轉一些，隱約間好像有歡天喜地的絲竹音樂聲，從很遠很遠的地方飄進耳裡。過一會兒，黛玉睜眼看見紫鵑，便握住她的手，勉強提起勁說：「我真的快不行了，妳服侍我這麼多年，我原本

希望我們兩個能一直在一起，沒想到我——」話還沒說完，喘了一會兒，又說：「妹妹，我在這裡並沒有親人，我沒出嫁，沒有留在賈家的道理，妳叫他們送我回去！」說到這裡，又閉了眼不說話，那手卻握得越來越緊了，接著又喘起來，出氣大、入氣小，呼吸非常急促。

　　紫鵑慌了，淚如雨下，李紈連忙叫人端水來給黛玉擦洗。突然間黛玉大聲叫著：「寶玉！寶玉！你好——」說到好字，便渾身冷汗，再也沒有聲音了。紫鵑等人連忙扶住，李紈叫人幫黛玉梳理頭髮、穿好衣服，只見黛玉兩眼一翻，嗚呼！香魂一縷隨風散，愁緒三更入夢遙！

餘韻　了卻塵緣如夢

　　萬般似水柔情，化作眼淚，全還給了一片痴心。一片痴心沒有地方可以寄託，便成了無心的人。幾世糾結的因緣，在黛玉魂歸離恨天後，就這麼慢慢的解了，只留下眾人一陣嘆息。

紅樓夢──誰解其中味

讀完《紅樓夢》的故事，你是不是覺得意猶未盡呢？動動腦，試著回答下面的問題吧！

1.這本書出現的許多人物，個性都大不相同，你最喜歡書中的誰呢？為什麼？

_____

_____

_____

_____

2.薛寶釵與賈寶玉成親、林黛玉病死的結局你喜歡嗎？如果你是作者，你會安排怎樣的結局呢？

_____

_____

_____

 3.林黛玉多愁善感，常常自己傷心流淚而悶出病來，當你難過的時候，你會如何讓自己開心起來呢？

_____

_____

_____

_____

_____

4.賈寶玉有個從小就隨身攜帶的寶玉，你是否也有從小就很喜愛至今還留著的東西呢？把它寫出來或畫出來跟大家分享一下吧！

在經典故事中成長

——有圖、有料、有意思

- 導讀簡明，掌握故事緣起
- 內容生動，融合古典新意
- 插圖精美，呈現具體情境
- 經典新編，富含文學性質

全系列共三十冊

一生不可不讀的三十本經典

國家圖書館出版品預行編目資料

紅樓夢／永樂多歡編寫;李園艷繪.－－初版三刷.－
－臺北市: 三民，2020
面; 公分.－－(兒童文學叢書／小說新賞)

ISBN 978-957-14-5477-1 (平裝)

859.6 100004853

Ⓑ小說 新 賞

紅樓夢

| 編 寫 者 | 永樂多歡 |
| 繪 者 | 李園艷 |

發 行 人	劉振強
出 版 者	三民書局股份有限公司
地 址	臺北市復興北路 386 號 (復北門市)
	臺北市重慶南路一段 61 號 (重南門市)
電 話	(02)25006600
網 址	三民網路書店 https://www.sanmin.com.tw

出版日期	初版三刷 2020 年 4 月修正
書籍編號	S857460
I S B N	978-957-14-5477-1

三民書局